ALEJANDRO SEQU

MW00978184

MI VIAJE SIN TI

"LO QUE QUERÍAMOS SER Y NO FUIMOS"

ediciones
DÉJÀ VU

@VESPERTINE.95

MI VIAJE SIN TI

© Alejandro Sequera Pinto, 2017

Reimpresión, 2018

© **Editorial Déjà Vu, C.A.**
J-409173496
info@edicionesdejavu.com

Directora editorial:
Nacarid Portal - www.nacaridportal.com

Jefe editorial:
Yottlin Arias - yoi@edicionesdejavu.com

Director comercial:
Emmanuel Speaker - emmanuel@edicionesdejavu.com

Director de arte:
Jeferson Zambrano - jeff@edicionesdejavu.com

Corrección de texto:
Deilimaris Palmar - Verónica Verenzuela

Edición de contenido:
Emmanuel Speaker

Diseño gráfico y diagramación:
Jeferson Zambrano
Elias Mejía

Ilustración:
Cristhian Sanabria

ISBN: 978-198-17-2070-5
Depósito Legal: Mi2017000158

PRÓLOGO

¿Has pensado alguna vez irte muy lejos?, irte a un lugar donde nadie sepa de ti, donde no te encuentren y no les dé por querer buscarte. Un lugar donde solo escuches el sonido de tu respiración y el de tu corazón. Un lugar donde puedas caminar con tranquilidad. Un lugar donde vuelvas a creer en ti y en el amor. Un lugar donde en vez de ponerte a llorar pienses en la fortuna que tienes a tu lado; tu juventud, tu vida y todo el amor que has decidido esconder y que tienes que dejar florecer.

Me llamo Vespertine, conmigo viajarás, te llevaré por los lugares más recónditos del sentimiento humano ¿Cuál es mi misión? Lograr que te encuentres desde adentro, y nunca más vuelvas a sentir que no eres suficiente. Yo me perdí y en el proceso de volver a saber quién era, nació lo que en las siguientes páginas vas a leer. No me gusta ser egoísta, por eso; entrego parte de mi vida a ti.

Sé que tienes muchas preguntas, yo las tuve y aún las tengo, pero escribo para encontrar en mi propia historia, las respuestas que tanto anhelo, es la única manera de tomar el camino que me llevará a esa verdad que todos queremos encontrar.

"La mejor parte de estar roto es que encuentras a quienes son capaces de darte partes suyas para que tú vuelvas a estar completo"

Primera Estación

Tú estás aquí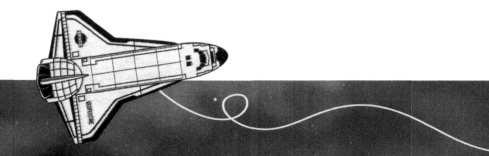

Aquí sucede
La magia

"CUANDO CREES QUE NADA ESTÁ PASANDO,
RESULTA QUE ESTÁ PASANDO TODO"

Feliz viaje

Nunca lo olvides
aunque lo hayas hecho bien,
si no es para ti
se irá.

ESTACIÓN VESPERTINE

Siempre nos encontramos con libros de personas perfectas, de relaciones sacadas de un cuento de hadas, de chicos populares y millonarios. La verdad es que no es mi historia.

Durante mucho tiempo he sido juzgado por mi preferencia sexual. He sido acosado por ser distinto. Mi propia familia me ha dado la espalda, (no todos), mi madre y algunas de mis hermanas me han aceptado y han creído en mí. Pero sé lo que se siente que te digan que eres un fracasado, que no vas a llegar a ningún lado, se lo que se siente acostarse con lágrimas en los ojos y sin saber cómo salir del hueco en el que estás sumergido.

Entre tantas tristezas conocí a alguien que tiñó de alegría mis colores grises. Que observó lo bonito de mis imperfecciones y que se sentía cerca a pesar de estar a kilómetros de distancia. Él y mi mejor amiga estuvieron conmigo. Ella, con cáncer y en sus últimos momentos de vida, me hizo sentir vivo. Él sin poder compartir un café o una copa de vino los viernes, me hizo saber que quien está contigo de verdad rompe las distancias con amor, compresión y cariño.

El problema es que me apegué a ellos. Que llenaron mis espacios y que cuando se fueron no supe qué hacer con mi vida. Eso pasa cuando nos volvemos dependientes de personas para la felicidad.

Las personas se vuelven como una droga y cuando faltan, sientes que estás muriendo, tratas de encontrar una dosis de ti en otros y solo recibes el placebo de la falsa compañía o el veneno de la indiferencia.

Estuve perdido y por eso decidí viajar. Viajar para encontrarme. A través de estos escritos podrás conocer la mayor de mis depresiones y el mayor de mis renacimientos.

Espero que no te aburras, porque sí, puedo ser raro, dramático, o intenso, pero más allá de eso, soy apasionado y con cada página le escribo a todos los que han pensado que la vida no tiene sentido, y han querido rendirse. Este es un libro para volver a salir, para despertar, para reanudar el camino, y ejercitar el alma.

Este es el libro de las nuevas oportunidades, y por lo menos a mí, me resulta maravilloso compartir mis escritos contigo como viejas postales de un viaje épico en el que tanto el destino como el medio son inciertos al inicio pero te aseguro que tienes en tus manos algo mas que memorias pasajeras, tienes un boleto a lo mas profundo de mis sentimientos sitio que he denominado *"Estacion Vespertine"*.

PRIMER DÍA

Si tienes esto en tus manos, es porque decidiste realizar un viaje sin él, sin ella... Sin nadie más.

Todo comenzó el 14 de septiembre de 2015, me levanté de mi cama, tomé un lápiz y una hoja y comencé a escribir. El cuerpo me dolía, pero me dolía más el alma, la vida. Me sentía solo, perdido, sin rumbo y sin ganas.

Aquel primer día fue largo para mí, sólo pensaba en ese vacío que sentía y no sabía cómo llenar. No quería terminar perdido y con gente equivocada, me aislé por varios días, sentía mucha ira, no podía pensar bien y en realidad, no sabía qué hacer. Desde el primer día que llegó me hizo sentir que nada malo volvería a pasar, eso me hizo creer; por eso, me sentí a salvo.

Quise tener alas para irme a volar y descansar en la nube más alta. Sólo quería estar a solas para sentirme tranquilo y escucharme. Acostado en mi cama mirando el techo de mi habitación, pensaba en todo lo que quería lograr a su lado y que nada se cumpliría. Sabía que los para siempre no existen y que esa bonita historia que teníamos pronto tendría un final, y no precisamente uno feliz.

No quise mirar atrás y no sé dónde terminaré o qué pasará después, pero ya he comenzado con esto y no pienso perder. Con cada uno de mis suspiros, me iré despidiendo del pasado porque sé que mis pasos dejarán algo más que un bonito recuerdo.

PRIMERA NOCHE

Esta es mi primera noche, tengo la luz de mi habitación apagada y la voz en mi cabeza dice que esto de irme, está bien. Que no debo sentirme egoísta por hacerlo.

La noche te ayuda a entender, a pensar mejor y aceptar. También te vuelve sincero, si miras la luna te conviertes en todo un poeta. La noche es quien te espera para hablar sobre tus miedos, es la única que te escucha sin aburrirse, con ella reflexionas hasta aceptar lo que no querías entender.

Hay tantas cosas que quiero decir y aún no digo. Aún no sabemos a dónde llegaremos pero tenemos certeza del final, mientras tanto aquí estamos, no podemos hacer nada para impedirlo. Mi consejo: disfruta el viaje, hazlo tuyo, hazlo increíble.

Allá afuera hay tanta gente que ignora los pequeños detalles, la textura de una hoja, el tono azul del cielo cuando amanece; no sé por qué la personas son así, nacieron solo para existir, se olvidan del amor, de buscar la armonía, les gusta competir y hacer creer a los demás que son los mejores, pero se olvidan de vivir.

Esta noche comenzó un viaje, en él descubriremos quiénes somos, qué queremos y adónde iremos. Esta noche es de esas en las que dan ganas de soltar, gritar y seguir; y si queremos mirar atrás, vamos hacerlo sin miedo pero ignorando la tentación de volver al pasado. Con cada paso que des, recuerda ser feliz.

CUANDO ME SIENTO SOLO. PIENSO MEJOR

Soy un invierno que no para,
y soltarme de esta soledad
a la que estoy adherido,
va a ser bastante difícil.
Tiene que llegar una persona
que provoque que salga el sol en mí,
que abra mis ventanas y me bese
de tal manera que se me olvide
por qué decidí estar solo.

Quien me vaya a conocer, no quiero que me repare, no quiero que se convierta en la medicina que me hará torpe después, quiero curarme yo solo, saber que puedo hacerlo, no quiero volverme dependiente de alguien consumiendo el placebo de la estabilidad.

Ya no quiero depender de la caricia de alguien más, porque para estar y sentirme solo, me basta recordar todas las veces que lo llamé para decirle que lo amaba, y la forma en la que se burló.

Para quien tenga que llegar, no quiero que me sorprenda fingiendo ser alguien que no es. Quiero ver su naturaleza, quiero saber cómo huele, qué piensa al observarme y así, podré sentirme a gusto y no me dará miedo tomar su mano. El tiempo me ha hecho entender que dar una segunda oportunidad es una decisión que carcome tu paz. Porque si te fallaron una vez, lo seguirán haciendo.

ENCUENTROS VESPERTINOS

Algunos creen que por llorar mientras supuestamente dicen la verdad, su verdad no hará daño, pero ya está hecho y no hay vuelta atrás. Ya no quiero que me hagan sentir que no sé lo que hago o que no valgo nada.

La historia humana nos ha llevado a cometer los mismos errores por años, se repite constantemente, siento que eso ha estropeado todo. Algunos quieren el poder, otros creen poseerlo y lastiman a los más débiles.

¿Será que hay personas que miran más allá de una mentira? ¿De un muro cargado de culpas y que no les importa lo que no tiene sentido? Quiero conocer personas con ganas de sembrar amor en cada esquina en la que se paren, que sean sinceros, que si se equivocan lo reconozcan y que, hagan caso omiso al ego, dejando de lastimar. ¿Te imaginas? Un mundo donde sólo el amor reine y nuestra riqueza sea esa; el amor.

Me gusta soñar despierto, ¿sabes por qué? Porque a pesar de que a mí me hicieron daño, se que existen personas bonitas, llenas de vida y son esas las que te inspiran a seguir. Te hacen olvidar el pasado, te olvidas de odiar y aprendes a perdonar. Esa gente es la que mejora el mundo.

Hay quienes regresan
después de tanto tiempo
y es como si el pasado,
de pronto, te mira a los ojos
y te dice: "Sigo aqui"

EMPUJÓN DE LA VIDA

"A veces me pierdo del camino. No sé adónde ir o cómo regresar, solo sé que algún día dejaré de pensar en su nombre cuando escuche esa canción".

Nadie nos dice con exactitud el tiempo que dura el después del después. Quizás parezca una tontería escribir cada noche cómo nos dejan de querer.

Parece irónico todo, si te portas bien te dañan, si te portas mal destruyes tu esencia. Nuevamente el amor se hace a un lado, ha pasado tanto tiempo, y quiero seguir adelante, que mis pensamientos se olviden del sabor de sus besos y que mi alma entienda que en este viaje no hay cabida para vivir añorando a alguien que no me supo amar.

HAY PERSONAS...

"Hay personas que llegan a tu vida
y no ordenan el desastre que eres.
Te aceptan, te hacen ver y pisar el presente".

Cuando crees que todo está bien, cuando sientes que respirar es tranquilo o que las personas lo están haciendo bien contigo, sucede algo, sin importar lo mínimo que pueda ser, sucede y te rompe el corazón. Te rompe las ilusiones, te rompe las ganas de querer hacerlo y las ganas de quedarte. Algunos le llaman traición o una mala jugada... yo no sé cómo podría llamarle a eso, pero sé que duele.

TE LO DIGO AHORA:

Tienes miedo de abrir tu corazón.
Tienes miedo de abrir tus brazos.
Tienes miedo de escuchar otra voz.
Tienes miedo de comenzar.
Tienes miedo de encontrarte contigo.

Y TE LO REPITO:

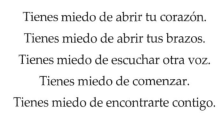

Alguien está dispuesto a ser tu compañía.
Arriésgate y dile que sí.

AMOR COMPLETO. AMOR SINCERO

Quiero que me quieras completo,
que no finjas amor por sexo.
Quiero que seas real como la brisa golpeando los árboles
y como el sol quemando mi piel.
No estoy para esos juegos en los que se que finge querer
y se dibujan promesas con la intención de desaparecer.

No quiero pelear y sentir que tengo la culpa. No quiero pelear con nadie, ni siquiera con mi orgullo. No quiero pensar en lidiar los días sin alguien que yo sentía que me comprendía y me complementaba, odio tener que pensar que si se va tendré que olvidarme de la costumbre y de sus mensajes por la mañana, de sus buenas palabras y de su cariño.

Por eso, quiero un cariño de verdad. Quien se atreva a tomar mi mano, que lo haga para no soltarla. Y donde sea que esté esa persona y si está por llegar. Por favor, quiero que escribamos una verdadera historia de amor, una que avergüence a los mejores guionistas y escritores.

Se duermen mis manos, las prosas no parecen terminar. Hay amores fugaces y otros que parecen eternos. A mí me ha tocado el fugaz, solo espero que el eterno, pronto llegue y se pose en mi vida, moldee mi esperanza y arrebate de mis ojos el miedo.

HOY ME SENTÍ FELIZ

Hoy me sentí feliz mientras observaba cómo se movían las hojas de los árboles, de fondo estaban el cielo y las nubes. Suspiré con fervor y llené mis pulmones de oxigeno. Estoy aquí y mas que eso, me siento vivo. Caminé por donde siempre caminaba con mi mejor amiga, miré la banqueta entre dos avenidas, esa donde nos sentábamos a conversar. Ese lugar mágico, siempre que lo veo, me hace recordar aquellas sonrisas que nos hicieron sentir vivos.

Hoy me sentí feliz, sentí escalofríos que llenaron de adrenalina mi cuerpo. Permanecí callado y pensé que no podía ser tan malo caminar solo.

Camino a casa miré a la luna,
y enamorado de la noche,
tomé una pausa y sonreí
por tan majestuoso espectáculo.

La luna me dijo:
si quieres yo te abrazo,
te arrebato y te amo.
Yo le respondí: Quiero que me ames,
pero no es hora, aún no.
Estoy aprendiendo a hacerlo yo mismo.

Hoy me sentí feliz porque por primera vez,
no siento la necesidad de sentirme querido.

PARA SIEMPRE FINGIDO

Poco a poco y sin ayuda, mi mente comenzó de nuevo a pasar de tranquila a fugitiva solo para no chocarse con tu recuerdo, aunque era inevitable. El silencio era mi mayor ruido y por las noches llevaba tu nombre.

Más de una vez miré al cielo buscando respuestas,
me carcomía todo, me despedazaba por dentro
cada vez que preguntaba: "¿Todo está bien?"
y tu respuesta sólo era "Sí, todo Ok".

Me llené de preguntas: ¿Por qué? No lo sé... quizás por miedo a enfrentar mis días sin ti.

Después de un tiempo…
Dejé de castigarme.
Dejé de sostener la culpa.
Dejé de buscarte ¡MALDICIÓN!
Sí, lo hice.

Si nos volviéramos a encontrar, te miraría fíjamente. Recordaría que di todo por hacerte feliz. Que no lo logré; que me costó y me cuesta aceptarlo. Pero al final, sonreiría por verte. Todavía me haces feliz.

Sé que estaré mejor, así como cuando el agua de un río está tranquila, las olas del mar serenas y la luna se deja ver completa. Todo va a cambiar, se abrirán las cortinas del cielo por las noches y no habrá que fingir ningún para siempre.

SUCESIÓN Y DESPRENDIMIENTO

*"No importa cuál sea el orden en el que vayas...
el destino nunca se equivoca. Todo llega, todo pasa.
Todo tiene su proceso, ten paciencia".*

Que no te importe si de repente en la mañana, cuando despiertes, la persona que dice amarte te llama para decirte que ya no te ama. No lo olvides nunca, así es la vida. Todo lo que vivimos termina en una cápsula a la que llamamos: **"RECUERDOS"**, al final del día, de cada historia y viaje, eso somos; un montón de recuerdos que, con el tiempo, dejan de doler.

Todo se marchita, pero el amor verdadero permanece, el amor propio no se va y aunque el camino parezca distorsionado, nada se detiene. Si hoy quieres continuar sin importar cuan jodida te hayan dejado el alma, sin importar cuánto abuso exista sobre tus sentimientos y cuántas despedidas hayas vivido, para mi ya existe un grado de perfección en ti y tiene nombre, se llama autoestima.

*La vida es luz y oscuridad, es silencio y ruido.
Y así como el amor, la vida no tiene explicación.
O tal vez sí: Tal vez nosotros somos la explicación de la vida.*

*No lo olvides, para crecer tendrás
que perder unas cuántas cosas,
personas y lugares. No tengas miedo,
estás creciendo.*

19

Dejo para ti esta posdata:

Que pase lo que tenga que pasar

*(Léela las veces que sean necesarias,
para que comiences a entender,
que las cosas no siempre
saldrán como esperas).*

PROCESOS

A las tres de la tarde tomé el tren. Me sentía exhausto, sin ánimos para quedarme y con la sensación de que sería más difícil de lo que imaginaba. Llevaba un bolso pequeño, con lo esencial para unos días y unas ganas de no regresar. Quería olvidarme del vacío y estaba molesto por la capacidad que le di a alguien de destrozarme la vida. Necesitaba recobrar las fuerzas, las ilusiones y sobre todo, la emoción por vivir.

El tren estaba lleno cuando subí. Me senté al lado de un viejo que a pesar de la edad, tenía las mejillas rojas y sus ojos azules me miraban con una alegría de quien te conoce de hace años, y tiene mucho tiempo sin verte. En seguida se levantó y me dio la ventana. Le dije que no era necesario pero insistió: *"Necesitas ver el paisaje, yo ya he visto demasiado"*. Quise decirle que se equivocaba, que yo tenía una vida para ver y que seguramente a él le quedaba muy poco. No quise ser odioso, además, últimamente mi amargura me hacia decir cosas de las que luego me arrepentía. En ese viaje sería distinto. Acepté sin más y recosté mi cabeza a la ventana.

El tren arrancó y la vista que me ofrecía era impresionante. Era como si hubiese estado encerrado por mucho tiempo en mí, y hubiese olvidado que hay cosas más importantes que yo mismo. Los árboles estaban deshojados. Empezó a caer la lluvia, al principio las gotas eran pocas, y caían con suavidad, pero luego, eran fuertes y se reproducían dando a entender que se avecinaba una tormenta.

No pude evitarlo. Las lágrimas corrieron por mi mejilla. Las quité rápidamente, intentando que el anciano no se diera cuenta. No me gusta que me vean llorar. No quiero ser el tonto sensible de siempre. Mis amistades se quejan de que exagero, que me enamoro pronto, y que me hacen daño porque llego a ser muy intenso. No lo sé, puede que tengan razón, pero tampoco puedo cambiar mi identidad. En estos tiempos el sexo con desconocidos abunda y las cartas desaparecieron. Las parejas van a cenar y viven en sus celulares, las familias están divididas, inmersas en la tecnología, y aquí estoy yo, Vespertine... El que se enamoró de una idea y hace un viaje para armarse, y entender que la vida continúa aunque lo que creía, no es. Pero quiero seguir creyendo que el amor puede ser como antes, como en aquellos tiempos donde las parejas duraban para siempre y no existían tantos divorcios. Quizás estoy equivocado, pero por ahora, mi pensamiento no cambiará.

—No te avergüences de tus lágrimas, el dolor en todas sus formas, nos recuerda que estamos vivos y eso en cualquier caso, es algo precioso —me dijo el anciano, que tenía los ojos cerrados. No entendí cómo pudo notar que lloraba.

—¿Cómo sabes que estoy llorando?

—Hay muchas formas de ver, y en algunas, no es necesario utilizar los ojos —respondió, y no sé por qué, pero algo en su voz lograba calmarme.

—¿Adónde viajas? —cambié el tema.

—A ningún lado.

—¿Cómo?

—Me considero un acompañante —respondió, todavía con los ojos cerrados.

—¿De quién?

—¿Por qué en vez de hacer tantas preguntas, no intentas ir por las respuestas? —dijo el anciano en tono serio.

—Porque cuando he intentado conseguirlas, lo que he descubierto no ha sido bueno. Supongo que a veces es mejor dejarlo y ya.

—Te equivocas —respondió abriendo sus ojos y su mirada se clavó en la mía—: Las respuestas nunca serán buenas o malas. Son verdades y por la vida hay que ir con la verdad. El problema es cómo las asumes. Puedes dejar que te maten o aceptarlo y entender que el error está en ti, que debes resolver la manera en la que dejas que te afecten.

—¿Cómo haces cuando la respuesta es la muerte? ¿O cuando la persona que dijo amarte, ama a tu mejor amigo? ¿Cómo haces cuando estás tan dolido que solo quieres desaparecer?

—¿Pensamientos suicidas?

—Hablo metafóricamente —dije molesto.

—Mm... Sea como sea sonó a dramatismo, a que te victimizas. A que porque tuviste tu primer desamor sientes que todo está mal contigo. A que porque tu mejor amiga murió quieres morir en vida. Suenas a un chico inmaduro que no entiende que lo que se muere no se va, que lo que se acaba da paso al nuevo inicio, y que las alternativas y distintos caminos son mágicos, para los que se crean capaces de percibir la magia. Tienes habilidades, eres sensible y tienes potencial. Es una lástima que tus sentimientos te dominen.

El anciano se levantó, no quedaban más puestos, pero apenas estuvo de pie, el tren hizo una parada.

—Espere.... —le dije.

—Mi tiempo contigo ha terminado. Aún no estás listo para lo que tengo que decirte. Guarda mis palabras y analízalas cuando estés preparado. Volveremos a vernos, pero es un viaje que debes hacer solo.

—¿Cómo supiste lo de mi mejor amiga?

—Sé muchas cosas. Leo las miradas, descubro secretos en las lágrimas y las tuyas, me han dicho lo suficiente como para saber que te espera una gran aventura.

El anciano se fue, no me dijo más, no retiró equipaje. Solo caminó y tuve ganas de frenarlo, de gritarle, de defenderme por sus palabras, pero en el fondo, no lo hice. No pude hacerlo. Las piernas me temblaban, el corazón tenía un concierto, mi mente iba a mil por hora y cuando el tren volvió a ponerse en marcha, respiré profundamente.

Debía calmarme... Debía volver a comenzar. El proceso sería complicado, sí. El proceso sería jodidísimo, pero ya no me iba a echar para atrás. Ya no había retorno...

El proceso más grande
es en el que chocamos
contra nuestros defectos
y decidimos mejorar.

DESEOS VAGOS

Me arrebató el perfume y el rastro de su piel.
Inhalo y exhalo los recuerdos,
comparto mi madrugada en silencio.
El frío obstaculiza la entrada de oxígeno.
Tengo ganas de marcharme,
es un deseo tan vago como querer tocar la luna.

Me siento frágil y desequilibrado. A veces por las noches cuando intento dormir y no puedo conciliar el sueño, siento que alguien está observándome, es tu recuerdo, son tus palabras, los espíritus de nuestros deseos, tus promesas e ilusiones. Y de nuevo estás ahí presente en mis pensamientos convirtiéndote en un acompañante que llega sin ser invitado y permanece torturando mi paz, convirtiéndote en recaída, en la puerta al vacío, los reproches y la soledad.

Cuando comienzo a teclear mis sentimientos lo hago porque sé que existe alguien que como yo tiene miedo, alguien que no sabe qué hacer y cree que por la mañana despertará sin tener motivos para sonreír o para permanecer de pie. Quiero crear conexiones para que ese alguien sepa que no está solo, que hay más personas sintiéndose así.

Mis dedos se vuelven la voz de quien calla en la oscuridad visitado por un triste recuerdo o por el recuerdo de un momento feliz junto a alguien que ya no está, junto a alguien que se fue quizás sin la oportunidad despedirse, quizás con el deseo de un "hasta pronto" y con la realidad del "adiós".

Primera fase del viaje

Me siento exhausto.
Todavía le extraño,
y no sé si de algún modo,
este viaje va a servirme.

Da igual.
No pienso devolverme.
No pararé hasta conseguir
todas las respuestas.

Tengo un montón de preguntas
y un presentimiento.
No sé qué pasará mañana,
pero si sé que el resultado
me transformará como persona.

SILENCIO EN CASA

"En tu mente habita un demonio, se trata de ti,
se trata de ese grito que quiere escapar de tu alma.
Es la esencia de tu ser,
esa que no dejas ver;
esa que ocultas tras una sonrisa".

Somos pájaros en una gran jaula llamada "mundo", en la que podemos volar de un lado a otro. No tengas miedo cuando quieras volar y tampoco tengas miedo si no quieres regresar. No tengas miedo cuando una mañana cualquiera esté todo listo y tengas que irte.

No tengas miedo cuando despiertes
y te encuentres lejos de casa.
No escuches a nadie, si te quieres ir, vete.
Si tienes tu pasaje no hay marcha atrás,
será tu destino,
será tu mayor vuelo,
será el comienzo de una nueva etapa,
será una travesía.

Cuando sea yo quien se marche,
no escucharé a nadie.
Merezco una vida nueva,
en un lugar nuevo
con un clima más agradable,
con personas diferentes y con otras historias.

 ¡DESPIERTA!

Díganle que a veces despierto
con ganas de mirar sus ojos,
sentir que nunca se fue.
Que todo fue un mal sueño,
que este frío en la madrugada
hablando con la soledad,
será sólo por un rato, que ella se irá.

Alguien que le diga que todavía
recuerdo todo lo que me dijo,
y si sirve de algo, que alguien le diga que espero
que le vaya bien.

A veces cuando escucho que me llaman,
volteo y no hay nadie.
Díganle que si me está llamando,
me deje ver donde está,
que quiero descansar en sus brazos.

A veces siento
que se me escapa la vida,
pero la recupero
cuando me siento a escribir.

DORMIR AL BORDE
DE UNA CAMA SIN SÁBANAS

Quiero enviarte un recado:
"Te pienso aunque no muy seguido,
pero lo hago y te echo de menos".

Vamos a dormir, duerme en mi pecho y escucha mi corazón latir. Vamos a dormir, enciende mis demonios y conviértelos en ángeles. Duerme a mi lado. Deja que te ame y déjame abrazarte.

La sinfonía de la esquina dejó de funcionar, los miembros han muerto, los instrumentos se han llenado de polvo, algunas cuerdas se han roto. Otros solo se han quebrado por la rabia del músico. Supongo que fue lo que nos pasó. Nuestra melodía murió. Algo se apagó... y continuamos, avanzamos y nos desplomamos. La única salvación para los dos, para lograr permanecer con vida, fue separarnos. Por eso dicen: ¡Nadie muere de amor!

Hundidos, desterrados, olvidados.
Allí quedamos. Sin poder unirnos porque duele.
Sin poder amarnos porque duele aún más.

Si se terminan unas historias, se escriben otras.
Si se corre la tinta de una página, se vuelve a escribir.

Por eso escribo...
Mi viaje sin ti.

DESTINO INCIERTO

¿Qué ha pasado con el mar?
Se detuvo, los peces mueren,
las olas ya no existen.
¿Qué pasa con tus dedos?
No los puedo sentir.
Tus labios lucen secos,
y tu mirada parece desvanecerse
en las tinieblas.

El destino está creando una canción
en la que tú y yo somos instrumentos,

Nadie quiere perder, pero muy pocos luchan
Todos quieren amar, pero pocos son leales.

Quiero acariciar tu cabello,
quiero que me digas:
"No te vayas".
Mi miedo
es más grande que yo,
me mentí.
Nunca te quedaste,
nunca más volviste.

VEN CONMIGO

Yo veo, desde muy lejos.
Una silueta que perdió su norte, eres tú.

Todo cambia y en tus sábanas dejas parte
de la esencia que nadie sabe apreciar.

No dejes apagar la última esperanza,
no vivas de las heridas.
Vive del susurro del mañana.

Vive y abraza tus insomnios y no los odies; parte de este viaje
te llevará a pensar más y dormir menos, no importa, los buenos
días surgirán. No todo es tan malo cuando le das una oportunidad
a la casualidad.

Mientras se calma la tormenta
que azota tu tren del pensamiento ,
te surcaré un nuevo camino,
abriré las ventanas,
pintaré las nubes de tu color favorito
hasta robarte una sonrisa.
Y cuando vuelva a llover,
no estarás triste.

OTRA VEZ...

*"No estamos preparados para los cambios,
para decir adiós ni para comenzar otra vez".*

¿Cuántas veces tenemos que experimentar cambios bruscos para convertirnos en sabios? No lo sabemos, lo que si es cierto es que estamos expuestos. En el primer intento no siempre las cosas serán como creíamos. A veces convertimos nuestro entorno en monotonía, la vida nos sacude y nos arroja momentos incómodos que ni siquiera veíamos venir. Creo que eso sucede para que despertemos, enfrentemos la realidad y esa verdad que nos duele.

A ti que me lees: tal vez, conociste a alguien y tienes miedo de empezar a sentir cosas, deja de pensar en eso. Vive el momento, conoce su esencia y entrega de ti, lo real que eres. Vive, escucha las melodías de esta tierra, palpa con sentido, atrapa tus quejas y envíalas tan lejos como puedas.

Hoy es un buen día para comenzar de nuevo, aunque creas que todo se ha ido a la mierda; comienza otra vez.

No olvides que todo lo que pasa y lo que no, forma parte de la evolución que debes vivir. Tú eres la mejor casualidad que el destino dibujó. Tú vales, tú importas, tú perteneces. Abre tu jodida puerta y vete a enfrentar todo lo que tengas que enfrentar. Demuestra que eres valiente y que eres capaz de soportar y avanzar.

MONOTONÍA

A veces me enojo porque se pierden de tanto,
luego me miro de nuevo y solo me digo:
"tú no seas como ellos". Y no es fácil,
porque no siempre me detengo a observar.

Desde que tengo las alas rotas,
me voy caminando despacio.
Ya hablo del amor en tiempos de soledad,
hablo de cómo he logrado mantener mis pies
en un camino lleno de flores,
pero flores con espinas.

Me he dejado llevar por placeres y olores.
El verano ha entrado y extraño la lluvia,
mojarme la cara y mojar mis brazos.
Mirándome al espejo veo mis labios, están rotos.

Tengo la manía de querer pertenecer a la tierra,
a sus hojas, ser raíz, ser árbol, creo que no soy de aquí,
pero soy de algún lugar, quiero salir de la monotonía
que me encierra y me deja en mi cama.

Tengo mis alas rotas, pero no mis piernas,
camino seduciendo al tiempo
y me burlo de aquellos que aún creen que los necesito.
Finalmente me miro y me digo:

"Estás creciendo".

¡ESCRIBÍ UN POEMA EN LA TIERRA, LA LLUVIA LO BORRÓ!

Ayer cometí un pecado.
Pensé en ti.

Salí de mi cuarto
en la madrugada,
me sentía con frío y tenso;
buscaba pedir un deseo,
el deseo de poder ser libre.
Con la luz de la luna
me guié entre los árboles
que había en mi patio.
Todo estaba oscuro
y aunque sentía miedo
nada me importó.

Mirando el brillo de la luna pensé, a ti también te ilumina esta misma luna. A ti también te debe pesar la noche cuando la soledad te toca la puerta y te alborota la tranquilidad. Pero a diferencia de mí, tú no sales a meditar, sintiendo sobre ti el frío que se impregna desde la punta de tus pies al caminar. No importa, soy yo quien te piensa como idiota, me lo merezco y continúo, con la esperanza de pensarte hoy por mil noches, para próximamente no seguir botando insomnios en tu nombre, con las ganas de volverte a ver.

SENTIMIENTOS AHOGADOS

"No quiero admitir que echo de menos el ayer.
Hoy, la posibilidad de un nuevo amanecer
está en mi puerta,

Pero me niego a tomar un nuevo comienzo
¿Sabes por qué?
Porque aún te pienso".

No quiero más promesas
que no vas a cumplir,
aunque fuiste mi primer amor
tengo que dejarte ir.
Quiero conocer a otras personas
y darme una nueva oportunidad.
Pero no puedo, porque siento miedo,
tu jodido recuerdo es la primera página
que leo todas las mañanas.

Quiero a alguien que no le dé miedo
caminar de la mano conmigo en la playa.
Quiero ser libre.
Quiero irme lejos de aquí, a un lugar
donde de nuevo, sienta ganas de querer
continuar, vivir, sentir... y sonreír.

CARTA PARA LOS QUE ESTÁN POR LLEGAR

05 de octubre, 2015. 2:07 a.m.

De: [Un desconocido que escribe]
Para: [Quien en este momento está leyendo]

Con el tiempo las cosas se arreglan, se ordenan solas, no tienes que pedir nada al pasado ni a los que se fueron. No hace falta.

De repente, nunca te habías sentido cómodo como lo estás ahora, ahí lo sientes y lo tienes. Está bien lo que pasa, te lo mereces, después de una tormenta en la que creíste morir, llegó alguien que se convirtió en tu sol.

Hay personas que se vuelven la luz de tu oscuridad, la brisa en tu cuerpo, el agua de tus labios... hay personas que en los días de noviembre te abrazan y no te quieren soltar. Tú te preguntas: ¿Esto está bien? La vida te responde: Sí. Te lo mereces ya deja de pensar tanto, deja de creer que no eres importante, lo eres.

En todas partes de la Tierra están esas personas, son como una especie de extraterrestres que quieren curarnos. Solo hay que dejar que hagan su trabajo.

Si algún día me quieres conocer: salúdame.

Vespertine

AMORES A DISTANCIA

"Amores fugaces, esos que hacen sentirte más humano.
Esos que te hacen sentir lo que jamás habías sentido.
De las millones de personas que habitan esta tierra,
coincidir con alguien al otro lado, es algo así como improbable.
Pero a más de uno le sucede".

Hay amores que son fugaces, pero son de esos amores que te transforman, te hacen transcender y crecer.

Creo en el amor a distancia, creo en la conexión que puede nacer entre dos seres que se conocen y sin imaginarse se comienzan a amar.

Me gusta creer en el amor, como sea, de quien sea, pero creo en el amor. Mi primera historia fue un amor a distancia, fue dulce y con el tiempo amargo. Ahora que vivo en el después, escribo lo que se siente seguir amando aunque ya todo terminó.

You've been on my mind
I grow fonder every day
Lose myself in time
Just thinking of your face
God only knows why it's taken me
So long to let my doubts go
You're the only one that I want

Esas estrofas están guardadas en ese disco que le regalé. No puedo asegurar que me recordará siempre, quizás, tal vez... lo haga cuando escuche la canción en la radio.

No importa cuánto quieras retornar,
el pasado no será igual,
las cosas que te gustaron,
no pueden volver,
la persona que quisiste,
ya cambió.

El amor que sentiste
se transformó,
y si no te acompaña,
es porque su camino
es distinto al tuyo.

Es mejor aceptarlo,
porque volver y volver,
minimiza tu dignidad,
y te hace un torpe,
con un letrero en la frente
titulado:

ADICTO AL AYER.

Estación de las dudas

"DEJA QUE LAS TORMENTAS ACTÚEN POR TI,
NO SERÁN ETERNAS, DÉJATE INVADIR HASTA
LLEGAR AL LÍMITE... CUANDO CREAS QUE YA NO PUEDES MÁS,
EMPEZARÁS A SENTIR COMO TODO COMIENZA A ACLARAR.

Aún hay mucho por caminar, correr y ver. Mucho por conocer, sentir y oler. Todavía no has llegado a lo profundo del mar como para sentir la necesidad de emerger nuevamente a la superficie. Todavía no te has sentido tan vulnerable como para querer un abrazo.

Quiero decirte, a pesar de todo lo que estés viviendo en este momento, no inventes más excusas que te hagan creer que lo mereces. Nadie merece irse a dormir con la cabeza llena de dudas, nadie merece irse a la cama y pensar que no es suficiente, tú no mereces pensar de esa manera, porque lo mereces todo.

Recuerdo mis noches de insomnios, olvidé cómo ser yo, antes de irme a dormir prometía despertar con un mejor semblante y una sonrisa de punta a punta. Pero no era así, fracasaba. No te digo que será sencillo, pero no desistas.

No temas, deja las cosas como están, deja que todo vuelva a su orden por sí solo, deja que la gente se vaya, no vayas tras ellas si ya no te quieren. Si estás leyendo esto significa que estas de viaje conmigo. Aún falta por conocer, aún falta por descubrir todo lo que hay dentro de ti, sólo déjame intentar abrazarte página por página, quitarte la venda de los ojos y hacerte sonreír.

PD: Si quieres cerrar el libro aquí porque sientes que no soportas que te diga la verdad, puedes hacerlo, está bien; ciérralo. Es tu decisión.

Las mentiras
tarde o temprano
se descubren.

Abre los ojos,
porque la verdad,
está en ti.

INDICIO ONÍRICO

Existen días buenos y días inolvidables. Este promete ser el mejor de los días inolvidables. El responsable de mis sonrisas me prometió un viaje juntos.

Su mensaje fue bastante vago "Mañana a las 6pm nos vemos en el lugar de nuestro primer beso para iniciar un viaje juntos. Lleva solo lo necesario y no olvides tus ganas de ser feliz".

Con toda la emoción y los nervios del mundo, consigo el dinero para trasladarme a la ciudad. Sigo su instrucción y empaco solo lo necesario.

En un abrir y cerrar de ojos llego a la ciudad. Justo al llegar al parque, un amigo en común me espera con un girasol (mi flor favorita) y una carta con el siguiente mensaje "Nuestra aventura ya inició, te veo en la estación de trenes en 1 hora, no llegues tarde", irónicamente este amigo en común tenía una sonrisa que pasaba de ser de complicidad a ser de sorna. Pensé: seguro siente envidia porque no tiene a alguien así.

Lo encuentro al llegar a la estación y con su voz más dulce me dice: bienvenido a nuestro viaje con destino a la felicidad. Acto seguido me entrega un boleto y me dice que le de mi equipaje, que va a ir subiéndolo al tren, que mientras el regresa puedo esperarlo en una banqueta de la estación y así leo una carta que me escribió. La estación está bastante vacía por lo que aprovecho de tomar asiento y leer. La carta, escrita en papel de hilo bastante formal para mi gusto, presenta muchos dobleces y por el reverso titula "Lo que siento por ti". Al deshacer el ultimo doblez para leerla, noto que la carta está en blanco. Pienso al instante que debe ser algún tipo de broma romántica en la que la moraleja es que lo que siente por mí no puede ser escrito en simples palabras, necesita ser demostrado con acciones.

Me levanto esperanzado de la banqueta. Con ganas de encontrarlo para decirle que entendí el significado, pero al ponerme en pie noto que el tren ya está preparándose para dejar la estación. Los nervios me invaden por completo. ¿Cómo no puede notar que no estoy en el tren?¿Por qué no ha venido a buscarme?¿Qué clase de broma es esta?

En el último instante antes de cerrarse las puertas, abordo el tren y comienzo a buscar mi puesto. Paso de un vagón a otro y al llegar al sitio que marca mi boleto veo que hay alguien de espalda junto a él. Al intentar tocar su hombro para indicarle que es mi puesto, veo como lo besa y al besarlo el abre los ojos y me mira, los dos se voltean hacia mí, uno de ellos es mi mejor amigo, (el mismo que me dió el girasol y la primera carta). Ambos comienzan a reír, de pronto todo el tren se llena de carcajadas y escucho que me gritan improperios y se burlan de mí: INOCENTE, IDIOTA, CRÉDULO, ESTÚPIDO.

Mi ritmo cardíaco se acelera de forma descomunal. Mis manos comienzan a sudar y las lágrimas llegan al instante. El tren comienza desvanecerse y me encuentro solo en el vacío. Veo lo que en la distancia parecen ser estrellas. Intento gritar pero no escucho mi voz, no emito ningún sonido. Me comienza a faltar el aire y despierto de un salto en mi cama con la cara empapada de lágrimas y una sensación de soledad que me causa vértigo. Al instante le mando un mensaje a él y le cuento lo sucedido a lo que solo responde:
—jaja que sueño tan loco, ¿con quién has estado hablando? ¿De dónde sacas esa idea de que podría tener algo con tu mejor amigo? No te pongas intenso con el tema por favor.

QUIERO TOMAR TU MANO

Si me dejas intentarlo,
juro que lo haré bien.
No me iré, no te dejaré,
y por la tarde prometo que te abrazaré.

Cuando quieras estar en silencio,
te acompañaré en él.
Cuando quieras
solo un abrazo, lo haré y no te soltaré.

Déjame tomar tu mano,
déjame ayudarte
a perder el miedo,
porque estoy aquí,
y pase lo que pase,
no me marcharé.

ALAS ROTAS

Me gusta recordar.
Me gusta desparecer.
Me gusta que me encuentren.

Odio el reproche.
Odio tocar mis heridas.
Odio ser terco.

Quiero creer que todo está bien, que no estoy roto, sé que debo dar el próximo paso pero reconozco que siento miedo.

LA VERDAD ES QUE:

"No dejo de amar lo que amé a pesar de no ser amado".

LA OTRA VERDAD ES QUE...

...para cuando vuelvas a leer esto...Ya no te amaré.

TAMBIÉN HAY MENTIRAS EN MI MENTE, EJEMPLO:

"Que vas a volver un día y me dirás que todo será como antes,
que te perdone y que te tome de la mano
y enfrentemos el mundo".

CUANDO DESPIERTO SIENTO LO SIGUIENTE:

"Una realidad tan ácida, una soledad profunda y una cachetada
del reloj para que me fije en lo idiota
que sigo siendo".

49

DESEOS

Quiero volar sin aterrizar.
Quiero elegir una noche entre muchas
para unir a las estrellas en un solo debut.

Quiero un lápiz para dibujar nuevos caminos.
Ser fuego para quemar todos los recuerdos
y las tristes ganas de volverte a ver.

Ser un ave para huir y ser libre.
Ser un pez para nunca salir del mar.
Ser un gusano para vivir bajo el suelo.
Ser una mariposa para dormirme sobre las rosas.

Quisiera ser un manantial para guardar los recuerdos
convertidos en secretos, bañarme en ellos y hundirme hasta no
escuchar las voces del mundo que me hablan de nosotros, de
aquellos días y de los recuerdos que no me dejan en paz.

Quiero muchas cosas, pero soy yo,
debo enfrentarlo y asumir
que lo que tengo depende de
mis pensamientos y que si no los limpio,
el mañana será un caos llamado como mi ex.

"Si tú no te amas, NADIE LO HARÁ".

-Marca con una equis la etapa que crees estar-

-En la etapa de amarme ▢

-En la etapa de aceptar que debo amarme ▢

-Ninguna de las anteriores ▢

LUZ Y OSCURIDAD

No sé cómo has hecho todo este tiempo para lidiar con las preguntas que no tienen respuestas. No sé cómo haces para empezar tu día si la persona que te prometió quedarse se fue. Te he dado algunas señales que creo necesarias para devolver tu rumbo a la estación correcta. No quiero dibujarte un camino en línea recta porque sería muy aburrido y en ningún mapa llegas al destino caminando en línea recta... entiende que habrán muchas curvas, subidas y bajadas.

Para mí no ha sido fácil. Me he decepcionado más de lo que llegué a pensar, en estos momentos son pocos los que permanecen, algunos, se están yendo, eso lo entiendo; casi todo es efímero, por eso no quiero detenerlos.

He vivido parte de mi vida creyendo lo que no es, sé que tú has pasado por lo mismo, sé que nuestra historia es distinta pero las sensaciones son casi iguales. Ahora te digo, a pesar de lo mal que esté todo he aprendido mucho, de mí y de algunas casualidades que ocurren. Comprendí que la oscuridad forma parte de nosotros porque a veces ahí se esconde lo que realmente somos.

Ahora dices NO a todo por temer a sentir.
Quizás ahora crees que tu tiempo está terminando.
La soledad es buena para todos,
y no tanto por ver quien irá por nosotros,
es para escuchar lo que decimos y con nuestra luz
encontrar la salida.

DESPEDIDAS IMPROVISADAS

"Con una pequeña mentira, te despedí. No lo quería hacer. Ha pasado mucho tiempo… Sigo con mis heridas abiertas".

Hay días en los que quieres tener un largo descanso. No saber de nadie y tomarte el tiempo a la ligera. Días en los que provoca irse lejos sin que nadie sepa dónde estás. Días en los que anhelas tener tranquilidad. Varias veces me despedí. Mentí. Necesito otra vez mi dignidad. La perdí.

Buscando mi dignidad

No lo quiero intentar.
No tengo ganas de quedarme.
No quiero buscar más motivos para pensar:
"Necesito ir por ti".
Despido otra vez mis intentos.
Fallé.

Ya no tengo días de verdad, no tengo noches para soñar. Perdí hasta lo que nunca creí, el amor propio. Sé que YA debo parar con todo y volver a empezar. ¿Cuántas veces he comenzado desde que escribo lo que siento? Ya no sé, parece una locura si lo vuelvo a decir. Mandarlo todo a la mierda no resulta si enseguida voy de nuevo a tomarlo y curar las heridas que causé. ¿Quién me cura a mí? Yo mismo, lo sé. ¿Quién te cura a ti? Otro que no soy yo.

Ahora sí. Adiós 2:08 a.m.
Sí... vale. Adiós 10:15 a.m.
Hola 10:16 a.m.

53

PROMESAS INCONCLUSAS

*"Me forzaste a decirte adiós
cuando más te quería".*

Recuerdo mi estadía en tu vida, recuerdo cómo llegué a tus brazos, aquel día en el que por primera vez, conocí tu mirada. Recuerdo las canciones y los pequeños versos que te regalé cuando empecé a sentir muy dentro de mí, como te ibas adhiriendo y sin saber qué pasaría después, quise darte calor en tus días fríos. También recuerdo las palabras que habitaron cada una de nuestras conversaciones placenteras y lo que queríamos ser.

La vida es un proceso, y aunque todo luzca bien y al mismo tiempo mal, llega el momento que lo entendemos; todo pasa, la vida sigue y nosotros también. Me cansé de creer y crear cosas, mi mente estaba aturdida, sentía que mi mundo se acabaría, sentía que el silencio me daba la espalda y la rudeza que una vez creí poseer en mí, la había perdido por completo.

Fingí estar bien, pero no, realmente me encerré por noches enteras para balancear y pausar mi tiempo. Quería escucharme yo, porque tú pasaste a ser un quejido constante en mi cabeza.

RESPÓNDEME:

*¿Cómo olvidas a alguien que prometió que se quedaría?
¿Cómo haces para confiar en ese alguien que dice quererte pero no deja de lastimarte?*

SUAVE ARMONÍA

Eres el abrigo que ahora necesito. Eres esa historia tranquila y llena de vida que necesito leer. El diamante mas diáfano en la mina de carbón llamada realidad. Tu delicada simpatía, tu armonía suave y esa valentía que te mantiene fuerte me demuestra lo genuina que eres.

Floreces en una galaxia de incertidumbre para darme tranquilidad y darme esperanza, para guiar mi árido camino. Me inquieta pensar que si un día te vas, olvidarás nuestra banqueta, olvidarás lo que hemos vivido y mi nombre; y simplemente seguirás tu camino brillando en el espacio, refractando la luz de la eternidad y añadiendo a ella la luz que siempre he visto en tu mirada.

Tus cálidos abrazos, me dan seguridad, tu sonrisa es de esas melodías que tiene la vida que cambian el ambiente de un lugar al sonar, tu mirada dulce se pierde con los días, se apaga y no lo quiero aceptar.

Ahí estás, la chica risueña que me dice todo lo que siente, pero que teme por lo que pasará después, y, a pesar de todos sus miedos, me permite estar a su lado y ser su refugio para cada mañana empezar de nuevo en este viaje por la vida que no queremos terminar.

Texto escrito a mi mejor amiga días antes de partir de este mundo. Se lo envié por Whatsapp, quedé con la duda, no se si lo leyó. Entendí que no quedaba tiempo, y me quedé a su lado como pude.

SE HA IDO

¿Así termina esta historia? La historia de dos personas que se encontraron en un destino incierto y crearon un lazo tan fuerte que ni la muerte logró romper. ¿Qué hay después? Siento que es un poco cruel, sé que estuve hasta el final. Nuestra última cita fue en ese pasillo, miré sus ojos abiertos observando el techo de la fría habitación, y yo, a unos pocos metros con ganas de decirle otra vez lo que le había dicho tres días atrás: "A dónde quiera que vayas, no habrá más dolor, serás libre".

Recuerdo secar sus lágrimas, caían como cataratas hasta esparcirse por su almohada ya mojada. Ella me miraba cansada, con ganas de mandarlo todo a la mierda y con la impotencia de quien no sabe por qué tuvo que pasarle todo aquello. No dijo nada, pero imaginé que se lo estaba preguntando: ¿por qué si no lo merezco? No lo merecía, yo solo quería decirle que Dios fue injusto; o que era muy buena para este mundo tan contaminado.

Su siguiente mirada ya no era de dolor, sino de miedo. Sus ojos se perdían en mis pupilas y mi pulso me llevó a besar su frente. Un beso tierno en el que traté de decirle "Todo estará bien". ¿Después de eso? Me hicieron retirarme. Tuve que irme y algo me decía que debía gritar, que debía decirles que me quería quedar. Sin más, tuve que abandonar la sala. Quise quejarme, las visitas eran muy cortas, y el tiempo siempre pasaba demasiado rápido con mi mejor amiga.

Con cada paso la desesperación me invadió. Bajé las escaleras del hospital, suspiré y me senté en un escalón.

—Estará bien —me dijo una voz, para intentar consolarme.

—Aquí no, pronto se irá —respondí, sin ánimos

—No digas eso, ¿no crees en los milagros?

—A estas alturas, no —dije cortante.

—Ella sabe que estuviste apoyándola, siempre lo sabrá.

—Lo sé, pero oó lo que viene más tarde, o quiza mañana.

—Creo que todos los sabemos —me respondió con una calma frustrante y añadió—: no habrá más dolor.

—¡Si habrá dolor para mí! ¡No puedo vivir sin ella!

—También tú morirás —me dijo y puso la mano sobre mi hombro—: nuestro paso es tan breve que en cualquier instante podríamos estar en una cama dando nuestro último suspiro.

—Yo no dejo de pensar en eso, ¿y si dejamos de existir? ¿y si no hay más nada después de cerrar los ojos?

—Lo que es seguro es que toda la rabia, el sufrimiento; el cansancio y las lágrimas, se irán para siempre ¿adónde nos iremos? No lo sé, a un lugar mejor que este. Quédate tranquilo, estuviste hasta el final y eso es lo que importa.

Esa tarde, cuando el sol estaba casi oculto, no dejaba de pensar en la brevedad de nuestras conexiones con otros, de cómo el tiempo nos define y nos transforma. Sólo me fui casa a esperar lo que no quería que pasara. Me encerré, puse música y me tiré en mi cama a pensar en ella. En los buenos momentos, en las risas y en los sueños que compartimos juntos, tenía un presentimiento, y a las 12:00 am se hizo real: "Se ha ido". Tres palabras que rompieron todo en mí.

TIEMPO

No pierdas el tiempo con personas que no te dicen que te aman.
No pierdas el tiempo queriendo cambiar a alguien.

Encuentra personas que crean
en ti y no te mientan.
Deja que te encuentren,
no pienses que todos son iguales,
no más lágrimas, ni lamentos.

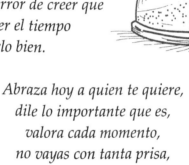

Hacen falta unas cuantas sacudidas
para poder comprender,
no dejes nada para después.
No cometas el error de creer que
puedes devolver el tiempo
para hacerlo bien.

Abraza hoy a quien te quiere,
dile lo importante que es,
valora cada momento,
no vayas con tanta prisa,
disfruta, siente y quédate
mirando su sonrisa.

Se acaba el tiempo para quien se queda en la misma estación.
Se acaba la vida para quien dice que el tiempo no sirve de nada.

Se abre una nueva oportunidad para quien decide dar el
siguiente paso y se atreve a cruzar una nueva puerta
y deja que la última se cierre.

CONOCÍ A ALGUIEN

Hoy conversé con alguien especial. Me comentó que sanar y superar, no son precisamente sinónimos de amnesia o negación de lo sucedido. Me ha ofrecido su compañía y su comprensión, me ha prometido ayudarme en estos primeros pasos de mi viaje sin tu recuerdo, sin ti; y sin lo que fuimos y ha generado en mi la esperanza de querer intentarlo.

Hoy conocí a alguien que siempre estuvo allí, no se si sea un amigo en común con tu círculo de mentiras, espero que no. Alguien más vio mi desnudez y generó en mi la intriga de querer conocer lo que antes ignoraba, se que pasaré meses a su lado y me hará entender esta tormenta que fuiste y me dejó a la deriva.

Sé que no será fácil ver mis huellas junto a las suyas, pero en el camino espero encontrar a muchos más viajeros. Hoy conocí a alguien que me llevó a pensar en mí, me habló del amor propio cerca de la calle de los "Para Siempre", me habló de lo que valgo y me llevó sin pasaporte a conocer la frontera del peligro, la frontera de los sueños y del bienestar, lejos de las vías el egoísmo.

Tengo ganas de escribir una historia nueva a su lado, tengo ganas de caminar de su mano hacia un nuevo presente, tengo ganas de seguir sus pasos, hoy; conocí al "OLVIDO".

CONTINUAR SIN MIRAR ATRÁS

Llega un momento en la vida que entiendes
que vivir no es solo respirar.

Vivir es ser capaz de hacerte cada día más fuerte, es dejar atrás el daño que te causaron y superarlo. La luz de un verdadero sentimiento que quiere latir en ti no lo hará si todavía te empeñas en permanecer en el mismo lugar.

Darte cuenta que se puede luchar por lo que realmente quieres, se siente como si tuvieses el mundo en tus manos, y si lo alcanzas, y si lo vives es supremo para ti. Pero para lograrlo, tan solo tienes que enfocar tu mirada en ello y olvidarte de aquellos que no creyeron en ti.

A veces no sé por qué la vida es así, por qué nos arranca a las personas y no las devuelve. A veces no sé por qué pienso tanto en el pasado, supongo que es porque uno cree que hasta ahí llega la felicidad. ¿No sientes miedo cuando piensas en alguien que amas y sabes que morirá? Yo sí, y eso me sucedió, por eso me perdí varios días antes de continuar con este viaje al que llamo: vida.

¿Nunca estaremos listos para despedirnos de una persona que realmente queríamos. Pasamos gran parte de nuestra vida dedicando tiempo a quien no lo merece, nos olvidamos por completo de aquellos que sí lo dan todo por nosotros, y es ahí donde realmente habita la esencia de lo que somos.

¿Por qué tenemos que perder para aprender a valorar?
¿Por qué para comprender tenemos que
sentir que no podemos respirar?
¿Por qué tenemos que llegar
al límite del egoísmo y el apego para querer cambiar?

Ya no hay vuelta atrás, la vida continua, es un camino lleno de curvas donde muchos se van sin querer irse, se van porque la vida les dice: "Tu tiempo aquí terminó". La muerte los abraza, los besa y se los lleva quién sabe a dónde.

Mis días se nublaron. Desde entonces, en mi alma llueve; no sé si volveré a florecer, supongo que sí. Las ganas regresarán otra vez cuando la tormenta acabe y el sol se asome. De repente un sentimiento germinará y abrirá caminos hacia otros horizontes, pero tendrán que pasar varios días y tal vez toda una vida.

Quise llorar mil noches seguidas para encontrar la luz de mi diamante que ahora es una luna, la estrella más brillante... el universo entero. ¿Pero sabes qué? Siento que cada noche ella me abraza y me besa en la frente para que no me sienta solo. Algo me obliga a continuar sin mirar atrás, será mi instinto... o tal vez, sólo una casualidad.

LA CHICA INDOMABLE

Se cerró el último telón
de aquella función.
Se apagaron las luces
y un tierno sonido de tristeza
invadió cada estación.

El viento se llevó todas las palabras,
los buenos momentos, las carcajadas
y las caminatas del verano.

El último respiro la hizo dormir,
cerró sus ojos,
se marchitó su jardín de sonrisas,
su cabello se mantuvo liso
y voló tan alto que nadie la pudo ver.

Se ha convertido en una estrella permanente y
fugaz, se ha transformado en una luna más
joven, tierna y sincera.

Sé que no quería irse,
sé que se fue triste. Pero también sé que ya no grita,
que descansa y que es libre.

En un sueño me dijo que no podía volver,
corría en una playa, no la cuestioné,
ahí la dejé... indomable.

TRANSEÚNTE PERDIDO

Caminar por las avenidas no es aburrido hasta que sientes que alguien te hace falta. En lo que llevo de vida he tenido el torpe pensamiento de que puedo mantenerme entre dos cuerdas, he visto cómo el cielo pierde su color azul y cómo de repente comienza a llover, es decir; somos vulnerables y puede pasar de todo en un abrir y cerrar de ojos.

Si me voy algún día muy lejos, quizás me lleve algunos recuerdos para no olvidar de donde vengo. El mundo se queda sin gente porque las almas buenas se tienen que marchar, mientras las malas se quedan, haciendo de las suyas y convirtiendo esto en un infierno.

NOTA: Nunca negué amarte, todos lo sabían, pero la verdad es que quiero irme a donde estés, quiero que estemos en un solo lugar, no sentir miedo de perderte, dormir tranquilo, respirar despacio.

Quiero que mi corazón lata tranquilo,
quiero sentir que estás, que no te vas.
Sigo perdido...
Ya no estás.
Ya no somos,
YA NO QUEDA NADA.

Vespertine, 3:33 a.m.

CIELO NOCTURNO

Un día, sin saberlo y sin que nadie lo diga, todo puede cambiar. No sabes qué hacer, qué decir y adónde ir, pero ahí estás; continuando aunque no quieres. El cielo se torna oscuro y la gente que creías conocer se aleja. Se terminan todas las bonitas casualidades, se termina el tiempo y desaparece la oportunidad de entrelazar los dedos con la persona que solías amar.

No quieres hacerte más preguntas, te cansaste de ellas y quieres pasar la noche en calma. No quieres seguir en el pasado, pero tienes miedo de vivir el presente y sufrir el después.

Dejaste de ser tú, quién sabe desde cuando. No estás bien pero finges estarlo para evitar preguntas, crees que sólo quieren indagar en tu vida y no aportar algo positivo en ella y así te aíslas.

Aunque se acerquen a ti, no quieres nada. Te envolviste en un capullo que protege lo poco que tienes. Algún día aceptarás que todos tienen que irse y que algunos lo harán sin despedirse. Permíteme decirte algo:

Tu dolor no será eterno.

ENIGMA

Te lo digo: Nunca te enamores de alguien que utiliza tus miedos como arma para atacarte, en especial los miedos que le confesaste en un momento de debilidad. Nunca te quedes tanto tiempo esperando así como me quedé yo. El amor es un enigma, pero que te hagan a un lado, que te rechacen, que te olviden... eso, eso no es amor.

Corría detrás de las personas
cuando sentía que las iba a perder.
Lo que no sabía era
que ya las había perdido,
que debía aceptarlo
y que no iba a valer la pena
intentar remediar
lo que estaba dañado.

Ojalá nunca olvides que como tú no hay nadie más, todo lo que has vivido es porque lo tienes que vivir, que entregarte a veces no sirve (así tú lo creas) pero aprendes y entiendes que no todas las personas son malas, sólo debes aprender a identificarlas.

ENIGMA: Algo tan increíble que no tiene explicación.

Ejemplo: EL AMOR PROPIO.

RECURRENTE

Tú fuiste ese mar de lágrimas
que dibujé en mi rostro.
Tú fuiste ese novato que amé
y en la última estación me dejó.

Tú fuiste aquel que busqué sin miedo,
Sin detenerme a pensar que quizás en algún momento
pasaría mis noches escribiendo lo que sueño
como si eso lograra traerte de vuelta a mi vida.

Pero sólo habitas mis sueños,
y en ellos dejo que todo pase;
cuando despierto
un aire de tranquilidad me nutre,
y me quita la venda de los ojos.
No estás conmigo.

El viaje continúa,
y ¿sabes qué?,
debería dejar de ser tan idiota,
dejar de pensarte,
dejar de pensar
que porque se termina
una historia,
se termina el tiempo
de vida
de mi corazón.

LA ÚLTIMA PIEZA

No me importó mi luz,
no me importó mi voz
ni mis manos ni mis pies,
solo me importaste tú.

Soporté ver como te llevabas mis piezas muy lejos de mí, donde pasarían frío, calor, donde seguro se sentirían solas, donde estarían enojadas porque las dejé con una persona para la que yo no era más que un estorbo. Y si supieras, que estando incompleto, salí por todas ellas, nunca las encontré, creo que las dejaste tiradas en cualquier lugar, ahora ellas me buscan a mí como yo a ellas, no nos podemos encontrar.

Me dejaste en el vacío
cuando lo único que yo quería
era llenar el tuyo con mis cumplidos.

Y si supieras, que con la última pieza que te di, perdí todo mi equilibrio y la conexión que sentía. Que dártelo todo fue apostar demasiado alto, no me importó como terminaría, ¿sabes por qué? Porque me volví altruista y pensaba sólo en ti.

Sigo sin mis piezas, sigo roto,
las extrañaré ,las recordaré
porque en ellas están mis citas de amor,
en ellas está mi inocencia y mi vulnerabilidad.

DEJARTE IR

Dejé mis secretos dentro de un libro que no pretendo abrir más. Lo he llamado: "El olvido". ¿Te preocupa saber qué hay allí? No lo abriré.

Estoy experimentando lo que es el amor sin toxicidad ni interés; recibir la comprensión de alguien por la mañana es como ver salir el sol después de una larga noche. La vida me daña pero la experiencia me repara. Vamos perdiendo el amor mientras vamos creciendo, nos dejamos llenar de miedos y cuando somos adultos nos convertimos en odio sin explicación.

He pensado más en mí.
Se siente muy bien,
se siente bien verte al espejo
y querer ser un poco mejor.
Se siente agradable preocuparte por ti.
No es ser egoísta. Es amarte.

Estoy preparando un poemario,
un corazón remendado
y una vida con falta de oxígeno.
Quiero llevarme esos tres objetos
como acompañantes
en el viaje que estoy viviendo.
Lo mejor que puedes hacer por ti
es preocuparte por curar tu dañado corazón,
en vez de curar el de otros.

HIPOCRESÍA

"No es que no te quiera.
Tampoco es que no te extrañe.
Simplemente dejé de soñarte.
Descubrí que tengo una linda sonrisa.
Tú nunca te diste cuenta de eso".

He volado más de mil kilómetros para descubrir que en cualquier parte del mundo puedo volver a plantar rosas en mi corazón y puedo volver a comenzar.

Despegué en un vuelo hacia otro mundo, lo hice por mí. Alguien me dijo una vez "Si tienes miedo, escapa a lo desconocido y verás cómo el miedo es aun más grande". No sabrás qué hacer al llegar, pero una vez que comiences a respirar aire nuevo, lo demás simplemente lo irás aprendiendo con los días. ¿Puedo hacerlo? Yo sé que sí.

En la travesía comprendí que toda despedida requiere valentía y toda traición merece un olvido. Estamos en polos opuestos del presente, tú haces tu vida y yo reconstruyo la mía. No sé si me recuerdas como yo a ti y eso ya no me importa. Cuando algo se rompe en una pareja alguno de los dos se rompe más.

No quiero escribir mas líneas en las que parece que te odio, no quiero dejarte como el villano de la historia, pero nunca entenderé la manera descarada en la que permaneciste tanto tiempo en mi vida cuando pensabas en alguien más.

Al poco tiempo de soltarme comenzaste a escribir una historia en la que yo sobraba, por supuesto, me hice a un lado para que vivieras, me hiciste creer que debíamos crecer. Bonita manera de hacerlo. Ambos llegaremos lejos, no sé si tú hablarás de mí en algún momento, no sé si yo haré lo mismo, quizás no. Pasé muchas noches en vela tratando de descubrir si lo que sentías por mí era real.

No puedo creer en alguien que fue capaz de hacerme estallar en sentimientos, que me hizo decir promesas, escribir y de manera brusca me soltara sin remedio porque era la única manera de dejar ver por primera vez, su verdadera cara en todo esto.

Supongo que debo agradecerte porque por ti, sé que en este mundo hay hienas disfrazadas de ángeles.

Lo siento,
quería escribirte sin rencor,
pero la verdad,
todavía me duele
y no puedo fingir demencia
cuando tu hipocresía
me desmanteló.

Y VOLVÍ A LA CIUDAD

Regresé a la ciudad con la esperanza de verlo y que me dijera en mi cara que dejara de intentarlo. Quería convencerme de que todo lo que había pasado tenía solución o quizás tener una despedida agradable, digna de recordar como una despedida romántica y no como un trágico abandono en el que mi dignidad se veía comprometida.

Su amiga me llevó al lugar donde él trabajaba, sentía que los minutos corrían a toda velocidad. Nunca imaginé verme en la posición de buscar respuestas para aceptar que habíamos terminado.

—Estoy muy nervioso, me sudan las manos. —le dije con la voz quebrada a pocos metros de la entrada.

—Ahí está, tú quieres verlo, y él sabe que estás aquí, o al menos, sabe que vienes. —me respondió.

—¿Y si no me dice nada? . Tengo miedo.

—Ya estás aquí, que este viaje no sea en vano, no te conozco mucho, pero puedo ver en tu mirada que mueres por verlo —me respondió convenciéndome de entrar al McDonald´s para cumplir mi propósito de una vez por todas.

—Suerte —me dijo dándome una nalgada —. Si necesitas algo aquí estaré, ya sabes —añadió.

—Vale, lo haré. Voy por él.

Antes de entrar me puse mis lentes de sol para que no se notara lo nervioso que estaba, de reojo lo vi en la caja tomando pedidos de los clientes. ¡MALDITA SEA! Quería lanzarme en sus brazos, regresar a ellos, ahí, a ese lugar que me regaló y donde me refugié.

Me dirigí al bote de basura para deshacerme del vaso de refresco que tenía en la mano y así, hacer tiempo para buscar en mi cabeza lo que iba a decirle.

Me acerqué muriéndome de los nervios por dentro. *«Quiero salir corriendo de esta mierda»*, ¿Qué hago aquí? Me pregunté. Y en cuestión de segundos y con una voz nerviosa le digo:

—Hola.

—Hola. ¿Cómo estás? —me preguntó.

—Todo bien… todo bien —respondí sin quitarme los lentes porque si lo hacía, iba a notar que estaba hecho un desastre. Aunque, sé que lo sabía.

—Me alegra que estés bien —me respondió. Siguió tomando órdenes y agregó—: Estoy trabajando y no saldré sino hasta más tarde.

—Me dijiste que hoy estabas libre —le respondí.

—Lo sé —me miró con una mirada sería antes de agregar—: Pero ya ves, creo que hoy no podremos hablar, pero si quieres me esperas hasta que salga. ¿sí?

—Es que en un rato tengo que irme, es temporada de vacaciones y el terminal está congestionado —le respondí.

—Cierto, lamento eso —volteó porque lo estaban llamando. Quizá le dijeron que no podía estar hablando tanto y que debía trabajar. Lo cual entendí. —¿Cuándo vuelves? —me preguntó.

—La verdad no sé, este viaje fue de casualidad. En una hora me iré porque ya es un poco tarde para volver a casa.

—¿Por qué no te quedas?

—No. Lo mejor será que me vaya, para no seguir quitándote tiempo.

—No me lo quitas, aunque bueno… ya me regañaron.

—Vale, que estés bien.

—Chao, Vespertine. Se quedó mirándome fijamente y me dijo : Nos vemos pronto.

—Ojalá —musité.

Salí y enseguida le pedí a su amiga lápiz y papel, no tenía, nos fuimos hasta una papelería y logré mi cometido. Necesitaba escribirle antes de irme.

"Quizá no era el momento de hablar, que pase cuando tenga que pasar y si no pasa, lo aceptaré. Te veías muy lindo con tu uniforme, cura bien tu oreja, la perforación en ella te queda muy bien, moría por darte un abrazo. Cuídate y ojalá ese nos vemos que me dijiste, se haga realidad. Te amo, no olvides que más allá de lo que pasó, eres alguien importante para mí y te deseo lo mejor".

Regresé para entregarle la nota. Al ver que entré otra vez, me miró un poco confundido. Yo, con el valor que no sé de dónde salió, me dispuse a entregársela. Algo dentro de mí me decía que lo hiciera porque no lo iba a volver a ver más por un largo tiempo. Y así fue, me acerqué, todos me miraban, y lo llamé.

—Hey, ten. Léelo cuando puedas.

—Está bien—me respondió.

No volteé a verlo, una parte de mí sabía que era el último te amo, que era la última mirada, y no lo quise asumir. Porque es difícil, pero parte de mi viaje se trata de la aceptación, de aceptar la tormenta, y desprenderme de alguien que vive mejor sin mí.

El roce fugaz de nuestras manos erizó mi piel cuando le entregué la nota. Salí de inmediato, con el corazón hecho pedazos, y con ganas de regresar a mi casa, mi cuarto, mi lugar. Su amiga notó que no estaba nada bien y en cuestión de segundos estaba otra vez derrumbado. Me senté en la acera y ella se acercó y se sentó.

—Todo pasará, Vespertine.
—Yo sé que quizás en días, meses o años, no me sentiré así y no sentiré nada por él, pero ahora duele.
—Así será, el amor no mata, él muere y lo que te lastima es eso.
—Ahorita lo que me lastima es no hablar con él y despedirme como quiero, porque no quiero seguir con esto toda la vida, quería cerrar ese ciclo y dejarlo atrás. Le respondí agotado.

La tarde empezó a caer, me levanté, respiré profundo y continué con mi camino. Más adelante me esperarían otras amigas para irnos al terminal y finalmente llegar a casa. La despedida que quería con él, no salió como quería. Al diablo con todo.

> *Pasaron noches, días y horas*
> *para comprender que no importaba*
> *todo lo que fuésemos para complementar,*
> *ya no funcionábamos,*
> *ya no éramos los del principio.*

LO QUE QUERÍAMOS SER

A estas alturas lo único que nos queda son nuestros recuerdos. Sé que a partir de ahora el viaje lo haré solo, por eso quiero recordar todo lo que me gustó de ti. Esos momentos en los que me hiciste pensar que duraríamos y ese día en el que todo iba muy lento. En el que el reloj dejó de rodar para regalarnos un pedazo de eternidad en el que escribiríamos… Lo que queríamos ser.

El cielo estaba despejado y los nervios invadían todo mi cuerpo. Traté de controlar mi mente. Llevábamos mucho tiempo juntos, y a mis amigos les parecía estúpido, que mantuviera una relación a distancia. A mí no. Se puede querer, aunque no beses, porque hay formas de besar el alma. De hacer el amor sin ponerse un dedo encima. De retar a la distancia y convertir cada noche triste en feliz, a través de conversaciones hasta la madrugada. A través de esos "te quiero" que alegran cualquier tipo de soledad.

Fuiste mi persona especial, al que podía decirle cómo me sentía cuando llegaba del hospital, después de verla llorando por su apariencia física. Después de verla cansada de tanto luchar. Eras mi descanso, mi confort. Me dijiste que siempre estarías conmigo, que no te irías. Que cuando mi amiga tuviera que volar, tu estarías para recordarme que no estaba solo. Pero pasó. Ella se fue, y ya tú no estabas, porque te habías ido primero. Hoy no quiero recordar lo que no fuimos, este es un escrito para lo que quisimos ser.

—Hola… —te escuché decir detrás de mí.

Respiré hondo y volteé a verte, llevabas un sweater rojo con unas bermudas de color crema. El cabello mojado y las mejillas visiblemente enrojecidas, por lo menos, ahí supe que no era el único nervioso.

—Es muy raro verte. Soñé con esto desde hace mucho —te extendí la mano en saludo, fue lo único que se me ocurrió, aunque lo que de verdad quería era abrazarte. Me alegré de que tus ganas pudieran más que tus nervios, cuando la estrechaste y me halaste a ti para darme el mejor abrazo de mi vida.

—No quiero que sea raro, quiero que sea especial, así que olvídate de que es la primera vez que nos vemos y déjame recordarte lo mucho que te quiero —me susurraste al oído y bajaste todas mis defensas. Me sentía feliz y confiado. Eras tú, con él que había hablado por más de un año. Con el que había llorado y había reído. Con el que me perdía en horas de conversación sobre la vida, y las injusticias. Sobre lo que creía del amor y mis inseguridades. Eras tú y nada lo arruinaría.

Me llevaste a un parque cerca de tu casa. El parque del que siempre me llamabas. El parque en el que me pediste que fuera tu novio y en el que peleamos por primera vez. En el que tuviste celos y en el que te pedí que nunca te marcharas. Lastimosamente, también fue el parque en el que me fuiste infiel con él, con el que creía mi amigo. Los malos recuerdos se clausuran. Este es un escrito para lo que fuimos, aunque no bastó para convertirnos en lo que queríamos ser.

—¿Por qué te gusto? —te dije luego de horas de hablar de cualquier cosa. Todavía no nos besábamos, y aunque sé que tenías las mismas ganas que yo, fuiste respetuoso, era como si algo te frenara. Por un momento pensé que no era lo que esperabas físicamente.

—Mmm... Es una pregunta compleja. Supongo que me gusta que seas poeta, que te preocupes por los detalles, que seas tan diferente a mí. Porque eres sensible y yo común, pero cuando leo tus mensajes, me siento especial —te sonrojaste y quise besarte, pero me contuve cuando volviste a hablar—: ahora que te veo en persona, me gusta todo de ti, pero principalmente tus labios.

Dejé de contenerme y te atraje a mí. Podría decirte que fue el mejor beso de mi vida, pero durante esos días seguiste besándome y cada beso era mejor que el otro. Cada día era más especial. Antes de que tuviera que regresar me hiciste una carta y todavía la conservo, porque representa algo real entre tantas mentiras.

"Vespertine... No sé cuándo volveremos a vernos, pero quiero que sepas que, aunque el mundo te diga lo contrario, eres una de las personas más hermosas que he conocido. Tanto física e internamente. Eres especial y por eso suelen herirte o humillarte. Quiero recordarte que te amo como nunca he amado y que conocerte es lo mejor que me ha podido pasar. Espero que se repita. Gracias por mostrarme el amor antiguo del que tanto me hablabas. Supera las películas".

Segunda fase del viaje

He llegado a pensar que
mi masoquismo no es normal.
Eso de recordar
a quien tanto te falló,
no está bien.

Hacer un recorrido para olvidar,
y seguir teniéndolo presente
en cada página, es de idiotas.

No logro entenderlo,
pero por fin, lo reconozco.
Ya no quiero seguir en el mismo
espacio mental colonizado
por su presencia.

LO QUE NO FUIMOS

Fuimos noche y día.
Rosa y espina. Sonrisas y lágrimas.
Terminamos siendo una historia
con un triste final.

No sé cómo me encontraste,
tampoco sé cómo pasó.
La vida nos juntó pero nosotros nos separamos.

Pero ahí estuvimos. Día y noche.
Cruzamos miles de palabras,
de insomnios y tempestades
donde parecía que nos íbamos a hundir.

Al principio fue fácil apagar la furia,
pero después todo lo que sentíamos se fue marchitando.

Cada día nuestras palabras eran menos,
en las noches parecía que tu amor por mí
se congelaba. Te volviste cruel y ahí me quedé
en silencio esperando que me pidieras disculpas.

Te comenzaste a ir y yo empecé a describir tu
ausencia y no se sentía nada bien.
Dejaste de comprenderme y yo dejé de buscarte.
Dejaste de decirme lo especial que era.
Yo mismo comencé a decírmelo.
Dejaste de estar y yo me aparté.
Te fuiste, te busqué y huiste.

Me pregunté: ¿por qué?
Y ahí estábamos de nuevo, en medio del universo
tratando de entender, de responder,
de abrazarnos sin hacernos fuego y morir,
ahí estábamos luchando por respirar juntos
y mantener las miradas cruzadas,
y ahí quedamos, como dos plantas en verano; secas.

Habíamos crecido y necesitábamos ir por más.
Ir a otros mundos y caminar por caminos distintos.

Finalmente en eso nos convertimos,
en caminos, en pasajes a otros destinos,
en preguntas sin respuestas,
en casualidades tontas y en noches vacías.

Y nos fuimos, como se va quien ya no soporta más.
Pero aquí escribo, recordándote que fuiste parte de mí.

Que quería que fueras siempre,
que me cuesta desprenderme
de lo que imaginé y concentrarme
en la nada que ahora somos,
y que cada noche aplasta
lo que queríamos ser.

CAFÉ LOCO+TRISTEZA= UNA NOCHE INOLVIDABLE

Para distraerme, otra de mis mejores amigas me invitó a su fiesta de cumpleaños. Al llegar todo estaba casi listo, no conocía a muchos allí, pero quería socializar y pasarla bien. Me senté con ellos en la cocina donde estaban terminando de decorar la torta, afuera, todos comenzaban a llegar y la música invadía cada esquina de la casa.

Me sentí a gusto con el ambiente, y antes de iniciar, a la prima de mi amiga se le ocurrió que sería bueno tomar café y no sólo eso, alterarlo.

Con la emoción que sentía por dentro y el deseo de mandar a la mierda todo para vivir algo diferente, acepté. Antes de comenzar con la fiesta, brindamos con el café alterado, sí, alterado, porque claramente sabía que tenía droga.

—¿Tú primera vez? —me preguntó la prima de mi amiga.
—Sí… ehh!!! No estoy acostumbrado a esto— le respondí mirando a otro lado para no mirarla a los ojos. Era evidente que por dentro tenía un poco de miedo y timidez.
—Tranquilo —me dijo—. Para todo hay una primera vez —: Te vamos a cuidar ¿vale?
—Vale, la pasaremos bien, sé que sí. ¡Esto es una locura! —le respondo.
—Lo será en un rato, ya verás… pásala bien, joder, que me han dicho que eres un desastre. Hay que poner un poco de carácter ahí dentro para que nadie más venga a

causar estragos. Solo déjate llevar por el momento y pffff… disfrútalo, porque la vida es una —me dijo antes de irse a recibir a los demás invitados.

A la fiesta llegaron muchas personas, más de las que llegué a pensar. Había carros por toda la avenida, gente en todos lados. Algunos besándose, otros fumando, otros vomitando, otros drogándose y yo recobrando el sentido porque después de tomar el café no tengo claro que más pasó. Pero lo poco que recuerdo es que invité a mi primer novio y llegó, que lo besé, y él me correspondió. No me dejaba solo, me cuidaba y no sé por qué, pero sentía que él quería algo más, y por dentro yo también.

Continué en la fiesta hasta el final, a las 3:00 a.m. no podía más y decidí llamar un taxi para irme a mi casa, mi mejor amiga se quedó en su fiesta, me agradeció por ir y entendió que no estoy acostumbrado a esos eventos y me dejó ir.

La pasé bien, no voy a mentir. Llegué a casa exhausto y con mucho sueño, lo último que recuerdo es que borré el número de mi ex, el segundo, el primero es al que besé en la fiesta, sé qué no pasará más de ahí porque él tampoco me amó como quería.

Finalmente me acosté, vi por última vez mi teléfono para verificar si tenía algún mensaje y no, no había nada. Apagué la luz de mi habitación y ahí terminó ese día que no olvidaré jamás.

15 de diciembre, 2015. 3:45 a.m.

Para: *Quien esté leyendo.*

No sé qué sentimiento predomina en ti. Si ahora me lees, sé que lo haces porque estás tratando de encontrar respuestas. Ya no sé a qué le tienes miedo, si al recuerdo o al siguiente paso que tienes que dar. Quiero que dejes de creer que todos te odian, no es así.

A veces el problema eres tú, crees y supones demasiado, creas tormentas donde no las hay. Te ahogas en la orilla cuando supones que estás nadando. A veces eres tú quien tiene la culpa por ser tan débil, tu manera de pensar te juega un papel macabro y le haces caso a lo que dicta. No siempre tendrás días de completa paz, eso lo sabemos, pero tampoco tendrás noches melancólicas y sin ganas de querer ver que hay más allá de lo que piensas y sientes.

Tienes que aprender a no volverte dependiente de las personas, ni siquiera de mí, ni de la luna, no siempre vamos a estar, entiende que la soledad no te hará daño siempre y cuando, sepas comprender que los excesos no son buenos.

No te preocupes, todo estará bien y aunque te lo hayan dicho muchas veces es hora de que lo comiences a creer. Quisiera saberlo, quisiera sentarme a tomar un café o un té contigo, distraerte un poco y mostrar lo bueno que hay en ti, pero no puedo, eso quiero que lo hagas tú, porque sé que puedes, que quieres y que lo mereces.

Que te hayan roto y que te hayas dejado romper, no significa que lo merecías, debía pasar y no es tu culpa. No sigas creyendo que sí lo es.

DUEÑOS DE LA NOCHE FRÍA

Recuerdo esas noches en las que
nuestro único anhelo era
estar juntos, abrazados,
hablando en nombre
de nuestro futuro y
recordando como nos
conocimos.

Nos dejamos llevar
por el deseo
y por las ganas de
cumplir lo que sentíamos,
nos equivocamos al pensar que pertenecíamos.

Tú no eras para mí, y yo no era para ti,
solo debíamos aprender juntos.
Nunca quise poseerte de tal forma
que sintieras que tu respiración se perdía,
siempre te quise libre.

Fingí decirte adiós pero me quedé sentado
por mucho tiempo esperando que al menos,
dejaras que me despidiera de ti.

Sé que terminarás siendo un recuerdo
el recuerdo de mi primer amor.
Ése que me hizo emprender un viaje,
para descubrir que solo
también puedo ser feliz.

DE LA PLAYA A LA COMISARIA

El fin de semana nos fuimos a la casa de la playa en grupo, quería seguir distrayendo mi mente, hacer cosas distintas y que no me diera tiempo de pensar en tonterías. El viaje fue grato, disfruté del paisaje, las montañas y al llegar, lo primero que hice fue sentarme en la playa a respirar aire puro, escuchar el sonido de las olas, sentir la brisa del mar y disfrutar ese momento a solas.

Me acosté en la arena a observar las nubes, en ese momento de tranquilidad, dejé fluir mis pensamientos y sentí la paz que tanto estaba buscando.

Lo que más me gustaba de los viajes que estaba realizando, era que con ellos me seguía descubriendo, me escuchaba y respondía al deseo de liberarme de la pena y el dolor que parecían anclas atadas en mis pies.

—Me alegra tanto que estés de vuelta —dijo mi amiga. Entonces, se aproximó a darme un vaso y me sirvió vodka.

—A mí también, olvidé la última vez viniste, ni recuerdo qué hicimos —dijo la otra riéndose. Tomó un sorbo de cerveza y prendió un cigarrillo. —: Sí que te hacía falta una buena cita con nosotras, no has parado de reír, además, no te irás de aquí hasta que nosotras lo digamos.

—Yo también las extrañé mucho, en serio —respondí.

—Ay, por Dios, lo cursi no ahora, por favor —gritó desde el fondo y borracha, la dueña de la casa. Casi desnuda y sin equilibrio intentó levantarse, pero fue imposible.

—¿Puede alguien recogerla de ahí? —pregunté.

—¡Bah! Déjala, ahí dormirá y en unas horas será ella nuevamente.

—Mmmm, tengo dudas, ¿A qué hora nos iremos?

—A la hora que dejes de hacer preguntas y sigas aquí con nosotras pasándola bien.

La música predominó el ambiente, empezó a caer la tarde y ya de noche, nos alistamos para regresar. Una mala idea, debimos quedarnos, pero en mi necedad, las convencí de volver.

En un control de tránsito, nos detuvieron para la respectiva revisión, mi amiga que iba como chofer un poco estresada, le decía al oficial que quería irse, y al no ver respuesta alguna, se puso un poco agresiva con él y adivinen... Esa noche terminamos durmiendo en la comisaria por culpa de mi amiga (que luego llorando me culpó a mí por convencerlas de volver).

—Ay, ya. ¡Cálmate! —grité —. No pasaremos toda la vida aquí.

—Yo creo que sí —dijo y tirándose al suelo siguió llorando —. Me van a matar mis padres cuando sepan esto, ahora sí me pasé de la raya.

—No tanto como ahora cuando estabas tirada en el suelo durmiendo en tu vomito —dije.

A la mañana siguiente fueron por nosotros. En el carro reinaba el silencio. Yo no podía más conmigo y lo único que quería era regresar a mi casa, a mi cuarto, y a mí cama. Un viaje fuera de lo común en el que me divertí, pero me aterré, no es nada bonito pasar la noche en la cárcel, pero de experiencias se aprende y yo sí que estaba aprendiendo bastante.

Estación Alma Rota

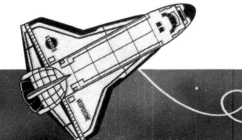

"HE APRENDIDO
QUE CON LOS AÑOS,
VAMOS DESCUBRIENDO
NUEVAS MANERAS
DE REPARARNOS"

No importa si estoy marchito. No importa si no vuelvo a besar unos labios en un buen rato. No importa si no te vuelvo a ver o escuchar tu voz. No importa si ya no hay motivos para querer regresar a la ciudad. Tú ya no eres un motivo, dejaste de serlo desde el día que este viaje inició y aunque te llevo conmigo a donde voy, cada día suelto mis ansias de creer en un futuro compartido y mi meta, es dejarte ir por completo hasta que en mis páginas no se hable de ti.

CUANDO TODO TERMINÓ

Durante semanas dejaste de contestar mis mensajes. Me sentía perdido, no entendía si te había hecho algo. Empecé a repasar mis posibles errores. Intentar atar los cabos para saber qué hice mal. Porque lo peor de que no me hablaras con sinceridad, es que tuve que reprocharme pensando que era mi culpa. Hubiese preferido que fueras honesto desde el inicio a que tuviera que enterarme con otro, de que tenías a alguien más. Fue difícil canalizar que ya no estarías conmigo. Jodido darme cuenta que no volvería a saber de ti. Que de pronto no estarías de nuevo en mi vida y sería un completo extraño.

Aquél día me dejaste claro que no eras lo que pensaba. El hecho de dejar que mi "amigo" me escribiera de tu celular, y luego bloquearme, dijo mucho de ti. Supongo que no cerramos de la mejor forma y por eso me ha costado tanto superarlo, pero me alegra que no estés a mi lado. Podré extrañarte, pero queda claro que hacen una pareja increíble. Los dos son la misma mierda y tienen mucho que mejorar como personas.

EL INNOMBRABLE

Me hubiese gustado que me dijeras la verdad

Por favor, no me escribas más

¿Qué fue lo que te hice?

¡Nada! ¡Las relaciones se terminan!

Sí, normalmente una de las personas dice "terminamos" en tu caso eres tan cobarde, que ni siquiera pudiste hacerlo.

Sabía que no lo aceptarías.

De todas las personas tuviste que engañarme con mi "amigo" ¿Por qué?

Estás lejos y él cerca. Tengo necesidades que no puedes cumplir con cartas y poemas. Ahora, por favor, no te lo tomes personal.
Te quiero mucho, pero no puedo seguir con esto.

¿Puedo llamarte para cerrar el ciclo y despedirnos?

¡Es alex! Deja de escribirle, ahora está conmigo. Supéralo, ni siquiera fue real. Tuvieron una relación cibernética. ¡No es para tanto!

Tercera fase del viaje

Le he dado el poder de lastimarme. He escogido que la brevedad de lo que tuvimos sea más grande que mi amor por la vida y ahora que lo entiendo, sé que debo parar.

A veces nos tomamos las relaciones más en serio de lo que deberíamos. Nos ahogamos en un vaso de agua y pensamos que no podremos salir, pero el vaso ni siquiera estaba lleno, y nosotros, de cualquier forma, sabíamos nadar.

¿RESIGNADOS?

"Con el tiempo iremos aprendiendo poco a poco.
Obtendremos verdaderas respuestas y si tenemos suerte
nuestra siguiente historia sí tendrá un final feliz".

He contado tus pasos y he deseado que entres a mi cuarto. He callado entre tanta bulla para no hacerme notar, he dejado morir tantas rosas por salvar tus pétalos. Y me pregunto ¿Tú moviste un dedo para salvarme a mí? ¡NO!

Me quiebro cada vez que recuerdo algunas fechas, algunos aromas, y algunas sensaciones que dejaste en mi cuerpo. Pero algo he aprendido, los meses han pasado y puedo ver que no me has buscado, no lo harás, lo sé. Pienso en todos los que estamos así, no sé si estamos jodidos o resignados.

Quiero verte y no puedo.
Quiero tocarte y no puedo.
Quiero buscarte pero te has ido lejos.
Vivo con el miedo de querer irme y que tú regreses.
Vivo con el miedo a amar otra vez
y no volver a corresponder.
Quiero acabar con todo
para que tu recuerdo deje de escribirse en mis ojos.

"Te regalo mis rosas, te regalo mis días.
Te regalo todo mi aroma
y lo que me queda de vida".

Vespertine. 2:05 a.m

ME PERDONO

Por lo que nunca fuimos
y por lo que dejé pasar sobre mí
hasta sentirme perdido,
me pido perdón

Me perdono por pensar
que el amor en una persona
vale más que el amor propio.

Me perdono por
reincidir en algo
que no vale la pena.

Me perdono por arrastrar
una historia marchita,
en mi nuevo comienzo.

Sé que no será fácil soltar
el cable que me ata,
pero el viaje se trata
de desprendimiento
y tengo la certeza,
de que no fallaré.

EN ALGÚN LUGAR DEL MUNDO
DEBE ESTAR

Debe andar por ahí haciéndose las mismas preguntas que yo. Tal vez se esté escondiendo como yo lo hago. Quizás quiere curarse para volver a sentirse especial.

Lleva en su mente los recuerdos de todos esos días cuando era feliz. Regaló todo lo que tenía, amó con tanta fuerza que quedó sin ella. Regaló el sol, curó heridas y dibujó caricias. A pesar de su pasión por tener una vida justa, estuvo hasta la última noche donde la historia acabaría. No hizo más que hacer su única maleta, guardó su corazón, sus intenciones, su mirada y emprendió un viaje al olvido. Por ahí debe andar y por ahí ando yo en un lugar distinto al suyo, sin destinos cruzados (aún).

Por ahí debe andar. Sólo dejaremos que el tiempo mientras nos curamos, se encargue de unirnos un día y destelle hacia el olvido todo el pasado. Mi tristeza y mi locura no puede ser de nadie que no intente al menos, tenerme a su lado. Por ahí debe andar, viviendo su historia, y respondiendo sus preguntas. Tan sólo dejaré que vivamos lo que tengamos que vivir hasta que un día logremos coincidir, no importará nuestras heridas, importará nuestra primera mirada.

Quiero que lo sepas, me da curiosidad saber quién y de dónde es. Te hablo del amor que la vida me dará algún día. Esa persona que me hará olvidar mi pasado, esa persona que querrá quedarse y dormir conmigo.

15 de febrero, 2016. 11:27 a.m.

Para: *Quien quiera leer.*

No escucho la vieja voz que me alentaba a continuar. No escucho esa voz que me decía: "No importa, eres increíble". Repito la misma canción una y otra vez , me sumerjo en el mar de preguntas y miro hacia las estrellas y no te encuentro.

Escalábamos juntos las viejas colinas y como dos locos, de las manos, volábamos por el cielo mientras compartíamos nuestros labios. ¿Fuiste real? Mis ojos se sentían perdidos cuando te extrañaba, siempre recordaré esa vez que el frío de la ciudad golpeaba mi cuerpo, el semáforo detenía el tráfico y allí estabas tú, sereno, con una mirada brillante y un universo entero escondido tras ella. Espero que entre las melodías y letras de una canción, mi recuerdo atraviese tu puerta, te desordene la tranquilidad y me eches de menos como yo a ti.

Desde que tú provocaste una catarsis en mi tranquilidad, siento que vivo una tormenta de confusión y rabia. Mi realidad me peina cada día, mis ganas de irme lejos me toman de la mano, pero tu recuerdo florece siempre que despierto. El día de hoy ganaste, estás en cada parte de mí, como una presencia que se niega a abandonarme.

*Quizás mañana la victoria sea mía
y no te recuerde.*

HAZLO BIEN

Hazlo bien, cuando vuelvas a despertar, llénate de fuerzas. Todavía no es el final, y aunque no lo creas, apenas comienzas.

Pero hazlo bien, así tengas mucho miedo, así te confundas y creas que no puedes, por supuesto que podrás. No dejes de insistir cuando se trate de ti y tus ganas por ser feliz. Si sientes frío, abrígate, si sientes calor, refréscate. Si lo quieres hacer, hazlo, sabes que lo mereces, y lo que sea que quieras alcanzar, vivir, sentir, oler, y al final, recodar; hazlo.

Hazlo bien, y si te sale mal, no importa, lo vuelves a intentar. Olvídate que no podrás amar, sí lo harás, ya verás. En algún momento sentirás que es bueno despedirse, desear buena suerte y cerrar los ojos y abrirlos en otro lugar. Todo es bueno, por más malo que sea, por más raro que hayas sentido tu cuerpo en aquel momento, todo termina siendo bueno para quien se dedica a aprender, a reflexionar, no a culpar y buscar culpables.

Cuando pierdo, cuando me lastiman, tengo dos opciones; odiar y llorar. Amar y perdonar. Siempre termino en la segunda, perdonando y amando.

He aprendido a tomar cada momento como una lección, y es eso lo que quiero lograr yo en ti, que todo lo que vivas sea una enseñanza y te conviertas en la persona inalcanzable que no creías alcanzar.

1:18 a.m. Donde sea que estés, no pienses que lo que estás leyendo ahora es tonto, no lo es. Te lo digo porque yo no tuve a nadie que me dijera que podía, no tuve a nadie que creyera en mí, que me amara, que me respetara y me diera todas las oportunidades necesarias hasta hacerlo bien, sólo me tuve a mí, en mis noches de verano y en mis días de lluvia.

Me fui lejos y siempre voy a querer irme, pero no para huir, no para evitar lo que sienta, no. Lo haré porque me gusta descubrir que hay más en mí, porque me gusta ver lo que yace en mi interior, lo que nadie más puede ver, lo que nadie puede interpretar y respetar. Por eso, hazlo bien, y si no, toma otra oportunidad, escúchate y siente lo que en verdad quieres. Yo sé que podrás hacerlo, no necesitas tener a un montón tras de ti decirte lo que quieres oír, eso te pertenece a ti, te define, te hace crecer y sólo tú podrás llegar lejos, sólo tú podrás sacar de tu vida a quien sea, amar a otros, llorar si quieres o que sé yo. Pero hazlo bien, y cada anochecer cuando vayas a dormir, quédate con las ganas de hacerlo bien en la mañana.

23 DE FEBRERO

¿Qué sientes tú cada vez que cumples años?
Cuando era más pequeño y no entendía muchas cosas,
creía que cumplir años era una misión,
ahora, ya ni sé en qué creer al respecto.

No puedo seguir esperando
que alguien abra mis alas
y alce vuelo por mí,
no esperes eso tú tampoco.

Tal vez aún siga sin entender de que se trata la vida,
pero se supone que estoy aquí para aprender, para vivir,
sentir, cerrar mis ojos y dar pasos gigantes.

Pero en algo sí creo ciegamente,
y es que cada vez que sume un número
en mi calendario de vida,
tendré algo bueno que contar.

Hoy quiero decirte que me siento
con ganas de seguir explorando,
que voy cortando la cuerda
que me ata al pasado,
que cada día estoy
más cerca,
de conseguir
la libertad.

VAMOS A CONOCERNOS

No permitas que te hagan sentir menos, no eres un objeto, tienes sentimientos, por lo tanto; tú vales, que eso no se te olvide nunca. No permitas nunca más que te hagan sentir menos, deja de creer que si alguien se va, nadie más llegará.

Hay muchísimas historias, tú tendrás una que encajará contigo, con lo que sientes, piensas y odias.

Quiero decirte lo siguiente:

Aprende a valorar a quien hoy está contigo, deja de pensar en buscar a quien se fue, te lo digo porque perdí personas que querían permanecer a mi lado, por distraerme buscando a quienes no me querían en su vida.

Desde aquel domingo cuando mi mejor amiga cerró sus ojos para siempre, entendí que hoy estamos y mañana quizás no. De nada sirve hacer de todo cuando sabes que ya es el final, si puedes hacerlo.

¡Hazlo!

A V ECES NO TE CREÍA

En medio de mi verano te convertiste en lluvia.
Tu cara en la ventana se dibujaba.
y en mi cama siempre escuchaba el susurro,
de tus "te amo", en mi teléfono aparecía tu nombre
y en todos lados a donde miraba, por ahí estabas.

Dejé de mentirme y de dibujar nuestro futuro.

Ayer me preguntaron ¿Alguna vez escribiendo has llorado?. Respondí: mi forma de llorar es mientras mis dedos danzan, no hay por qué hacerlo, todo está bien conmigo. Continué, jamás me dejé vencer, eso lo sabes. Y aunque he tenido noches de recaídas, tomo fuerzas.

Ahora que somos desconocidos,
yo me tambaleo entre lo que digo y lo que pienso,
a todos nos pasa, más cuando llegamos a casa.

Recuerdo que por las noches más de una vez, dudé.
Lo lamento por fingir que te creía
eso te enseñaba a mejorar tus mentiras.

Pero basta, las coincidencias no se repiten,
Y también sé, que los finales
no se re-escriben.
Al menos no el de nosotros.

3:57 a.m.

DESVISTIENDO EL ALMA

Hay algo muy claro y es que muchas de las cosas que nos suceden, pasan porque lo deseamos o lo aceptamos.

Tú aceptas cuando te conformas con una mentira,
tú aceptas cuánto es el tiempo que tomará
que alguien salga de tu vida
después de arrancarte hasta las esperanzas,
a veces eres el culpable
al no dejar que nada te arranque la tristeza,
porque te empeñas en abrazar tanto a la soledad
cuando ella solo te quiere soltar.

Esa angustia de perseguir cosas que ya no pueden estar en tu vida y sentir desilusión al ver que no son posibles de alcanzar, es la misma que sientes cuando notas que te persigues a ti mismo en pasado mientras corres en círculos.

Nace otra vez, florece miles de veces, y siempre mantén tus ramas fuertes aunque tus hojas estén cayendo. Sobrevive las tormentas que sufras, y renace de la tierra con dignidad. Sé como una flor, pero cuando abras tus pétalos hazlo por ti, porque tú belleza siempre será tuya.

Si te permites ver más allá de lo que hicieron contigo,
de lo que te dijeron, de los que se fueron; si te permites ver más
de lo que has vivido, notarás el ahora, y ese eres tú, de verdad,
porque sientes, porque todavía respiras,
porque tus raíces no podrás ocultarlas nunca.
Y si un día te vas, hazlo por ti.

FUISTE TÚ

Contigo suspiré por las aventuras,
perdí el miedo al qué dirán,
a las palabras de los demás
y a la incertidumbre de comenzar a amar.

Conocí el sabor de tus labios y cómo temblaban,
tan suaves como el algodón.
Me distraje del suburbio y olvidé...
Supiste cómo hacerlo, o eso creo yo.
Con solo mirarme me dirigías al cielo sin tocarlo,
sin atarme me enredé en tus brazos y eso me gustó.

Conmigo llevo la palabra "Fin". Pero mientras, dejaré que el viento se lleve mi miedo y sentiré cómo es esto; para contarlo a mis nietos y sepan que amar no es cuestión de turnos, amar es convertir los momentos en razones que tendrás mañana para saber porque has llegado a donde estás, que eres tus cicatrices, y que las aprendiste a amar.

Estoy en la fase de aceptación. El viaje me lleva a otro sitio, acepto, estoy feliz, hoy respiro tranquilidad. Hoy descubro que no te necesito y al mismo tiempo, descubro ganas de volver a la ciudad, pero no para buscarte a ti.

PEQUEÑAS PERO GRANDES COSAS

Por esas cosas que te ablandan el corazón y te devuelven las ganas de respirar en este mundo tan hundido, tan perdido y muchas veces hasta maldito. Por esas razones o excusas que conseguimos para intentar hacerlo mejor, por esas personas que creen en ti, en tu palabra y en el valor que tienes. Son esas pequeñas pero grandes cosas las que te devuelven el aire.

Ya no importa quienes se fueron, solo importan los que se quedaron, los que cada mañana te alentaron a seguir, a ser mejor, solo importa el ahora, el ayer pasa a ser del pasado y ya, en el pasado quedará. Asimilas los días tal cual como son, comprendes que cada minuto que pasa en el reloj, es valioso, que todo lo que miras con tus ojos tiene un papel importante, que todo lo que converge al mundo es porque así debe ser.

Si miras al pasado sonríes porque sabes que a él no volverás, que todo lo que sucedió ya fue, de nada sirve explicar o intentar cambiar las cosas porque todo pasará. Solo continúas, con o sin tormenta, de noche y de día, con frío y con calor, ahora aceptas y despiertas cada mañana como lo que es, una mañana para comenzar otra vez. Ahora quien importa eres tú.

APRENDIENDO

Es irónico, aunque tus mentiras mataron gran parte de mi, fueron esas mismas mentiras mis maestras, quienes me enseñaron lo que es la vida, lo que es renacer después de cada decepción.

Aprendí a querer los días, aprendí a apreciar tu ausencia, a vaciar sobre un papel mis sentimientos sin dejarme abrumar por la desesperanza, aprendí a llorar, a recordar y obligar a cada palabra que intentaba entrar a mi corazón, a pasar antes por el punto de control fronterizo del amor propio, para el que tus mentiras ya no tienen pasaporte.

Ojalá me recuerdes
cuando la soledad toque tu puerta.
Ojalá escuches mi voz pasear por tu mente,
y te torture la silueta de mi sonrisa.
Deseo que me recuerdes en tus brazos
cuando los veas vacíos,
con nada más que mi ausencia.

Ojalá aprendas a ser diáfano,
y conviertas la palabra "sinceridad"
en tu nuevo apellido.
Te dedico las tinieblas de esta noche,
se la dedico a tus palabras, a tu conciencia
y a la soledad que carcome tu alma.

QUERER

Cuando quiero lo hago en serio,
es un susurro intangible
que causa acciones palpables
que hacen que se estremezca
cualquier espíritu sincero...

Cuando yo quiero de verdad
no escucho advertencias,
porque querer es lo más sensato
que se puede hacer,
Aunque el amor es ciego la mayoría del tiempo,
quien de verdad merezca mi cuerpo,
tiene que quererme de tal forma
que cuando me vea a los ojos
me haga sentir libre, pero suyo.

Qué hermoso es cuando alguien te insta a ser una mejor persona, cuando sabe sacar lo mejor de ti, cuando te escucha, cuando no inventa excusas. Qué hermoso es cuando todo está en orden, se siente como una caricia, como un beso inocente. Te olvidas del pasado, olvidas que te han mentido, olvidas que una vez sacaron lo peor de ti y que todos tus problemas te llevaron a querer desvanecerte hasta volverte invisible.

Me gusta cuando el querer es mutuo, cuando el sentimiento vuelve eterno por un instante el trayecto de dos almas efímeras en un universo infinito.

ATROPELLOS INCURABLES

"Hasta a mi gato le hablaba de ti,
Pensaba y buscaba la manera de por primera vez
en mucho tiempo, sonreír otra vez".

Te creí capaz de soportar junto conmigo
todo lo que vendría, pero no, sólo huiste.

Tuviste razón cuando me dijiste que
me habías hecho daño,
pero pensé que jamás te iba a juzgar,
también me equivoqué.

Mis amigos me lo advirtieron, mis noches eran aburridas sin ti, mis dedos te escribían y tú no entendías. ¿Qué pasó con el amor? ¿Qué pasó con las promesas? ¿Qué pasó con las fechas importantes?

Nos aferramos a las palabras del ayer, a los sentimientos de dos noches antes cuando querías besarme. Robaste mi corazón, mi confianza, mis deseos... y me volví ciego. Ahora ¿Qué nos pasó?

PD: Te envié cartas que lanzaste al demonio, tu recuerdo lo volví sabiduría.

ENCUENTRO INESPERADO

Mi paseo por aquella ciudad sería breve. El tren tuvo retraso y me bajé a seguir las recomendaciones de algunos turistas que decían que no podíamos irnos sin visitar el faro. Había tenido un mal día. El poco dinero que tenía, se me perdió. Me habían advertido de los carteristas, pero no hice caso. Me faltaban cinco paradas y tendría que cancelarlas. Era como si por más que avanzara no lograra conseguir un lugar para estar seguro.

Extendí mis manos hacia el cielo y cerré los ojos. Tenían razón, el paisaje era impresionante desde allí, pero más impresionante era saber que a pesar de las trancas, había llegado tan lejos.

—Por fin estás sintiendo la calma incluso en la tormenta —dijo una voz que se me hizo familiar, pero no abrí los ojos.

—De nada sirve nadar contra la corriente. Soy un desastre que no se va a rendir.

—¿Te curaste del corazón?

—Entendí que nunca te curas por completo. Que la vida estará llena de días malos o personas malas, pero que incluso así, es mucho más lo bonito.

—El viaje no ha terminado para ti, apenas ahora estás empezando a dejar el drama—sentí que dejaban algo en mi bolsillo y cuando abrí los ojos, no había nadie. Me dejó trescientos dólares y una sensación familiar, algo me decía que había sido mi compañero de viaje...

El anciano.

Estación de las etapas

"DESPIERTA.
LA VIDA
NO ESPERA"

Ahora que lo pienso, siento que gané yo. Hoy las comprendo, hoy las acepto. A la cuarta parte del viaje la llamaremos "Etapas". Porque gracias a ese sentimiento he definido la vida de diferentes maneras.

Solo espero que todo lo que hayas leído aquí lo tengas ahora en tu alma. ¿Sabes? Me ha dado un poco de miedo hacer todo esto, pero lo hago por mí y por ustedes. Si tengo en mis manos el poder ayudarlos; lo haré.

Lo único que sé es que así soy, desde mi interior, desde mi forma más sincera y pura. Mis emociones hablan, mis sentimientos vibran y mis dedos teclean al ritmo de mi pulso. Esta noche pienso: "Me he convertido en algo que nunca llegué a pensar, de manera secreta porque nadie sabía de esto", la vida nos da sorpresas y todo se sale de control. Mi secreto (escribir) se salió de mis manos y hoy se encuentra en las tuyas.

En esta parte del libro si ya lo quieres cerrar, esta bien, puedes hacerlo. Aunque creo que no es suficiente, deberías leer un poco más e ir más profundo, perder el miedo y atreverte a más.

P.D: En esta cuarta parte del libro nos toca desprendernos de todos, incluso de nosotros mismos para luego, retornar, ver y sentir qué ha pasado. No le tengas miedo a las contradicciones ni a las recaídas, yo las tuve y por un instante las sufrí, son parte del proceso de aceptar y soltar.

-Estación Vespertine-

DÍAS MALOS

*"No siempre vamos a despertar
vestidos con una sonrisa,
no siempre vamos a despertar
recargados de libido por la vida.*

*A veces solo tendremos un día de silencio,
en el que las nubes oscurecerán la tarde
mientras el viento se lleva al olvido
los malos recuerdos.*

*A veces no tendremos días memorables
pero al caer la noche siempre nos tendremos
a nosotros mismos, somos los responsables
de lo que guardamos en nuestro interior,
hoy repito; la vida es un proceso".*

Hoy no fue un buen día para recordar, sólo me quedé en silencio con mis preguntas, y obsesiones. Hoy me quedé con todos los ¿Por qué? Sin respuesta.

*Me gusta creer que te hago falta,
que tus días no tienen sentido si mi sonrisa no está.
Hoy ha sido un día de esos
en los que ya no quiero nada más.*

ATRAPADOS EN EL RECUERDO

Nadie deja de querer de la noche a la mañana
Nadie se despide en serio si todavía en sus labios
quedan vestigios de aquellos que besó la última vez.
Deseo que me recuerdes y que no olvides que me quisiste.
Yo sin culpa, también lo hago.

Me diste alas aunque no las quería. Me dibujaste el camino de un 'vete' sin yo saberlo. Llovió en mi alma, luego llegó el verano y todo fue muriendo. Aquí estoy mirando las estrellas e imaginando que estás a mi lado susurrando con el viento. Deseo verte un día más, una noche más para poder hablar contigo y decirte todo lo que nunca me dejaste decirte, preferiste irte que quedarte a mi lado.

Me gusta recordar que fuiste lo que más amé y por lo que más arriesgué. No me arrepiento, todavía te sigo queriendo y no lo niego. He caminado bastante y a pasos lentos, he mirado hacia el final que yo mismo un día imaginé.

Cuando alguien sale de tu vida, es porque debe hacerlo. Deja entrar a quien sí valorará todo lo que tú eres.

Si algún día me vuelves a ver por ahí, por favor. No me saludes. Despertarás lo que sentí por ti.

PD: Te odio pero todavía...
Te quiero.

A VECES

Nos quedamos porque creemos que la persona que se fue volverá por nosotros, nos quedamos sentados creyendo que al amanecer nos encontrarán, y no, la única persona que deberías encontrar en estos momentos es a ti, esa que se ha perdido y no sabe cómo volver a su camino, lo sé porque lo viví.

Nadie habla cuando debería hablar,
a veces callar no es tan bueno como dicen.
Espero algún día no sientas miedo
y sepas expresar lo que sientes, porque a veces
es mejor hacerlo que guardar todo eso adentro
y dejar que muera.

Perseguí cuervos en vez de canarios y tomé malos tragos en vez de agua dulce. Pero soy yo de todas maneras, con mis gritos y mis enojos buscando conseguir lo que quiero o por lo menos; apreciar desde aquí mientras espero el amanecer para tener otra oportunidad.

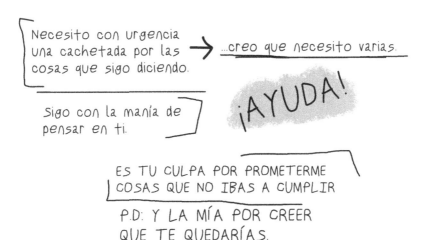

Necesito con urgencia una cachetada por las cosas que sigo diciendo. → ...creo que necesito varias.

Sigo con la manía de pensar en ti.

¡AYUDA!

ES TU CULPA POR PROMETERME COSAS QUE NO IBAS A CUMPLIR

P.D: Y LA MÍA POR CREER QUE TE QUEDARÍAS.

CARTA TRANSEÚNTE

10 de abril. 2016. 03:45 a.m.

De: La vida.
Para: Quien se mira en el espejo.

Necesitamos irnos, pero irnos de verdad. No hablo precisamente de otro país, mudarte o encerrarte. Hablo de irnos de lo que nos ha lastimado, hablo de cerrar puertas con candado, abandonar los lugares que ya no poseen vida, dejar algunas personas, aunque las sigas queriendo, lo mejor es apartarse de todos por un tiempo.

A veces necesitamos cerrarnos y abrirnos a nosotros mismos para descubrirnos, corregirnos y perdonarnos por habernos fallado. Sé que en esta trayectoria la melancolía de tener que dejar a un lado lo que tú piensas que te complementa, aparece.

La mejor decisión que puedes tomar cuando la confusión te arropa, es quedarte con aquellas personas que de verdad quieren lo mejor para ti. Solo quiero que un día cuando ya no tengas que leer cartas como esta, tengas las promesas que no te cumplieron muy lejos de ti y no sientas la necesidad de ir por ellas. Tu sonrisa volverá, deja el miedo, aún no es el fin.

Ojalá que cuando acabes este viaje, te regales unos buenos días, sabes que mereces todo y que eres tú quien lo puede conseguir. Si todavía tienes miedo de hacerlo, mejor hazlo cuando termines de leer esta carta, y lo que sea que tengas en tu mente. ¡HAZLO!

EL VIAJE QUE DEBES EMPRENDER

No sé cómo hiciste todo este tiempo, pero mírate, de alguna manera has sobrevivido a esto. Quiero decirte que en la vida habrá momentos oscuros que te servirán para hallar tu luz, incluso, cuando quien decía amarte se vaya y te deje en la oscuridad. Con el tiempo todo eso se convierte en recuerdos que dejan de doler.

Aún conservo mis heridas y estoy orgulloso de sus cicatrices. No importa si en mis sueños el pasado me sigue tocando la puerta, no importa si en la calle me golpea la melancolía. No importa que quien creía que era el amor de mi vida haya terminado con uno de mis amigos. Me fui y olvidé. Sé que su felicidad está en otro lugar y no conmigo, aun así me has preguntado: ¿Cómo lo lograste? Yo te respondo: No he logrado nada por accidente, esto es así, la vida es un viaje, es un proceso y es una luz que nunca se apaga; al menos hasta que no hayas completado todo.

Llegará alguien que desordene mi tranquilidad. Llegará alguien que no solo apostará por mí, se entregará a mí. Llegará alguien que me cambiará el sentido de las palabras y en vez de escribir prosas tristes sobre el amor, escribiré curvas, tiernas y sencillas líneas sobre lo que se siente besar a quien amas. Llegarán, de algún lugar, algún día. Nuevos amigos, amores, lugares y más tiempo. De este tren no me quiero bajar sin antes sacar de tu pecho la melancolía y la tristeza que hoy, te mantiene los sentidos mudos. Quiero que sigas conmigo en este viaje. Quiero decirte que no estás solo.

MOMENTOS Y FRACASOS

Me senté en la calma de lo que me rodeaba, después de trotar durante varias horas. Por primera vez en mi viaje me di cuenta que no sabía hacia dónde iba. No tenía ni puta idea de lo que quería hacer. Coño. Tanto alboroto porque me lastimaron. Pero no es sólo eso, es perder a mi mejor amiga, es descubrir cosas del mundo para las que no estaba preparado.

Ahora mismo estoy descansando de mí, de mis pensamientos, de mis intensas emociones que aunque a veces me curan, otras se convierten en el enemigo. En esta etapa del viaje estoy descubriendo que debo desintoxicarme de las trabas psicológicas, de mi manía de encerrarme en el pasado, de mis ganas de fingir que mi historia fue sólo mala porque terminó.

Necesito simplificarme, abrir la mente, o por el contrario, cerrarla y simplemente dejarme llevar.

*Eso hago. Se siente bien.
Estoy tranquilo.
He llegado lejos y sé que el viaje,
apenas acaba de iniciar.*

Quiero la calma, la serenidad del nuevo comienzo y respirar profundo agradeciendo lo que tengo sin pensar en lo mucho que he perdido.

CIELO DE ABRIL

"Tú eres… como el cielo de abril.
hoy te tengo lejos, pero en el instante
en el que fuimos, siempre estaremos.
Exlsihdn olros uluideceies,
otras nubes besarán mi tez,
pero nunca atesoraré
otro crepúsculo como tu mirada."

Mi alma se afina,
disemino mi cuerpo en la esperanza,
renazco en el alba de cada mañana
aunque viva en el desvelo
desde aquella despedida infernal,
siento invierno en mi corazón
hasta en el sol del desierto.

El amor no siempre es como uno
quiere. No siempre es lo que uno
merece, mi lección ha sido aprender
ha aceptar que NO
también es una respuesta.

En este punto las ausencias se vuelven
recuerdos, el camino se llena de curvas y piedras, amores
fugaces y malas decisiones, lágrimas, gritos y sonrisas, pero
quizás eso es la vida, el camino y no el destino, valorar el
presente sin que nos afane el futuro y jamás olvidar que
mañana podemos despertar añorando lo que hoy tenemos.

EL AMOR QUE HABITA EN NOSOTROS

De pronto llega el momento en la vida
en que debemos hacer cosas por nosotros,
sonreír primero nosotros,
cuidarnos primero nosotros,
ser fuerte nosotros primero
antes de enseñarle a alguien
cómo ser fuerte.

Lo mismo sucede con el amor,
las decepciones y todos esos golpes que recibes
no son más que herramientas para abrirnos los ojos.
Eso nos permitirá saber en dónde estamos
y a dónde no debemos volver.

No es ser egoísta,
es aprender que antes de amar a otros
debemos descubrir todo el amor que poseemos dentro
y nunca olvidar nuestro primer amor,
ese amor que habita en nuestra alma.

Ya no tengo miedo a desprenderme del pasado.
Ya no me importa el amor incompleto que me ofrecen.
Ya no tengo miedo a la soledad.
Ahora me importo yo.

SABORES AMARGOS

Qué rápida se volvió tu despedida, qué lento se me ha hecho decirte adiós, hoy la luna se muestra temprano junto al atardecer, no es muy común y me agrada, se pinta entre las nubes y junto a este destello de acuarelas celestiales pinto mi nostalgia. Nunca había sentido tanto la ausencia de una persona, y ahora que la siento tiene un sabor amargo.

Me siento encerrado en un túnel oscuro, desorientado porque no veo la luz. Hecho de menos mis días de sosiego, quiero tener la compañía de alguien esta noche alguien con quien no me sienta solo, porque muchas veces me he sentido solitario aun estando rodeado de personas.

Qué fuerte se volvió la marea,
qué dulce amargo fue verte marchar...
qué ácido ha sido no escribirte cartas.
Qué tonto fue dejarnos ir.

Pinto mi nostalgia de acuarela.
Si mi lienzo comienza a
sangrar,
mi alma sangrará con el.
Mi inspiración se esconde
entre sus nubes,
en el infinito,
extrañando a una estrella fugaz.

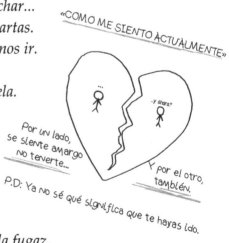

«COMO ME SIENTO ACTUALMENTE»

Por un lado, se siente amargo no tenerte...

Y por el otro, también.

P.D: Ya no sé qué significa que te hayas ido.

Cuarta fase del viaje

Hoy lloré por mis equivocaciones. Porque si hay alguien a quien tengo que culpar y luego disculpar, es a mí. A mis ganas de forzar lo perdido y a mis ganas de controlar el amor.

Ahora estoy en una habitación de hotel. Abajo me esperan desconocidos. Beberé y empezaré a disfrutar la vida. Que sí, será con alcohol, con nuevas personas y con la sensación de que estoy a tiempo. Porque lo estoy, y tú, aunque no lo creas, ¡también lo estás!

EL SILENCIO ES CÓMPLICE

Todo se reduce a recuerdos,
palabras que nunca fueron
dichas y conjeturas
de un "ojalá".

El miedo parece eterno
y la melancolía es un baño
que recorre mi cuerpo.
Perdiéndose en la puesta del sol
me hace sentir que me estoy
quedando solo.

El tiempo nos jugó mal,
y el destino nos hizo coincidir
para luego soltarnos y vernos continuar.
Creo que transcendí desde el primer saludo,
desde el primer beso.

El silencio de los demás
es cómplice de mi vuelo,
la incertidumbre es la azafata
la sabiduría que brota de mis cicatrices
se vuelve el viento que mantiene en el aire mi esperanza.
Creo que transcendí cuando la primera lágrima cayó,
Cuando mi mundo se vino abajo.
Trascendí cuando puse el primer pie
en dirección a mi propósito,
lejos de un amor de mentiras.

ERRORES EN LA VIDA

La vida te hace cometer errores.
Espera…
Cometemos errores en la vida.
Así está mucho mejor.

¿Qué se supone que debería hacer con lo que pienso? Mi mente está más retorcida ¿Debo fingir que estoy feliz para agradar a otros? Aunque quisiera no puedo, porque no puedo mentirme a mi mismo, eso no forma parte de este viaje. No sé cuántos errores habré cometido, a cuántos he dejado ir y cuánto ha sido el tiempo que he perdido.

Si te digo la verdad, todavía sigo inquieto por saber cuál es mi destino, compré un boleto y tomé un vuelo sin saber a donde iba, emprendiendo una travesía sin retorno, no creas tú que me lees que este libro termina con mi suicidio, digo sin retorno porque bien se sabe que la persona que se va, no es la misma que regresa.

Esto es solo el comienzo, sé que me falta un largo recorrido, que me seguiré equivocando, que tendré que decirme adiós a mí un par de veces más y seré viajero frecuente en esto de los procesos, porque cada vez que retorne al sitio del que partí algo nuevo habré aprendido, la experiencia será mi souvenir.

Me pregunto si todo lo que hacemos aquí nos pesará en el alma ese día en el que emprendamos vuelo, mas allá de este plano.

EQUIVOCADOS

¿Te ha pasado que conoces a una persona y ya pertenece a otra? Probablemente no, pero tal vez sí. No sé cuál es tu respuesta. No pertenecer y no ser, he ahí tu nuevo dolor de cabeza. No sé cuantas veces he dicho que es mejor vivir la realidad y no inventarse un cuento con un final feliz, menos si quien está a tu lado te hace sentir inseguro.

Me hubiese gustado haberte conocido mucho antes, aunque sé que eso es imposible. Desconozco ahora lo que eres, nos conocemos menos, no somos los de antes. Conozco lo más importante de ti, pero lo que me comprime el alma y hace que te tome rencor aunque no lo quiera aceptar, es como permitiste, imbécil, que pasara tanto tiempo para decirme la verdad, que no podías estar conmigo, tu excusa fue el miedo, ¿A qué? Porque ese miedo no te detuvo de ir corriendo a los brazos de alguien mas.

Nunca le he tenido miedo a la verdad aunque sepa que me va a matar. En ese sentido tus disculpas y lágrimas no fueron suficientes porque ya estaba derrumbado. Espero que eso lo puedas entender algún día.

Qué equivocado estuve contigo.

ME SOLTASTE

Perteneces a cada rincón al que vas, a cada
oscuridad en la que entras y a cada luz que revienta,
perteneces a ti sin importar cuantos te suelten.

¿Tiene coherencia un poeta cuando escribe con la sangre de sus heridas abiertas? Quizás al principio nadie entienda sus palabras, de hecho me ocurrió, la primera vez que escribí no se entendía nada porque no sabía distinguir entre lo que sentía y lo que escribía. Cuando comencé a escribirte a ti, sí, tenía mis errores, pero saber que te gustaba que escribiera, era un placer para mí. Después de un tiempo, cuando ya no sabía de ti, cuando dejé de escuchar tu voz y me incluí en aquellos que se pasan los días añorando, sabía que para salir de todo eso tenía que seguir escribiendo, pero esta vez estabas tan incrustado en mí que podía sentir dolor cuando intentaba arrancarte.

No volveremos a ser,
fue suficiente que me jodieras una vez,
solo bastó que me soltaras ese día
para aceptar que los para siempre
los estaba escribiendo
en algún lugar de mi habitación,
la realidad termina siendo mejor
si comienzo a creer en mí,
en lo que veo, en lo que escucho y siento...
por supuesto, tú en todo eso no tienes
nada que ver.

Estación nostalgia

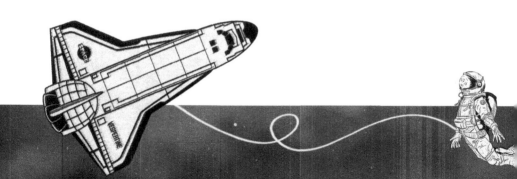

"Y TE SOLTÉ AQUELLA ÚLTIMA CARICIA
CON LA ESPERANZA DE VOLVERTE
A SENTIR POR LA MAÑANA"

Hoy me miro al espejo y sonrío. Sigo escribiendo con el corazón en la mano y con los sentimientos que ahora son mi voz. Los que se fueron no eran mi destino, solo formaban parte de mi viaje, de mi casualidad y de los momentos que tenía que vivir.

Solo sé que la vida es hoy, que el mejor día para mí es hoy. Que lo mejor que podría pasar cuando ya no me quieren es que se vayan o yo irme, que no tengo porque mendigar amor por nadie, porque yo valgo, y también valen mis sentimientos.

Me acostumbré al silencio y a la soledad de mis noches, eso nadie me lo puede arrebatar. Me acostumbré a ser esto, amar y escribir es lo que me ha transformado en lo que soy, esa es mi verdadera esencia y es con la que voy a morir algún día.

¿Seguimos?

Ve a las siguientes páginas. No olvides, todo lo que empieces debes continuarlo, no tiene sentido desistir a medio camino y no quiero que lo hagas si te has permitido a ti llegar un poco más lejos.

Alejandro Sequera.

" te mereces a alguien que contigo, quiera quedarse. Te mereces a alguien que contigo, quiera jugárselas todas. Después de todo... te mereces a alguien que te quiera y te necesite por completo. "

-ALEJANDRO SEQUERA

ALGO SE APAGÓ

*"De repente fue como si alguien hubiese cambiado algunas
páginas en la historia que debíamos vivir".*

Te miré y no pudiste soportar que mi mirada penetrara
tu alma. No sé si eso te dolía pero hubo silencio en todo ese
rato, ninguno de los dos pudo decir algo... Ahí entendí que
no fui yo, que no fuiste tú, que no fuimos nosotros, que no
fue lo que hicimos. Simplemente algo se apagó.

*Pude respirar en el espacio
para escribir tu nombre en la luna,
tú pudiste haber cruzado un continente,
atravesar la ciudad más peligrosa de madrugada
solo con el deseo de verme.*

*Darte posada en mi corazón no fue un error,
era nuestro destino coincidir.
En esta y otra vida, con estos u otros cuerpos,
solo que algo falló, algo hicimos mal.*

*Trato de repasar nuestra historia
mas allá de los recuerdos y las promesas,
no se qué discordia existe en el universo
para oponerse a lo que pudimos ser.*

*No se qué fue lo que hicimos.
Quizás fuimos nosotros
quienes le fallamos al universo.*

131

FUIMOS PASAJEROS
EN UN VIAJE QUE
TENÍA DESTINO FINAL
Y FINGÍ QUE ERA INFINITO

APROVECHA TU OPORTUNIDAD

Amaneció un 06 de agosto, el día estaba nublado y bastante frío. De mi jardín recogí varias rosas, y con una cinta las adorné. Preparé mi café, encendí la radio. Estaba solo, mi madre se había ido a casa de mi abuela y no sé a dónde se había ido mi padre.

Luego de desayunar me di una larga ducha, la primera semana de agosto y de vacaciones había hecho una lista de cosas por hacer y el día 06 tenía que ir al cementerio, lo cual no me gusta, suele ser un ambiente tétrico, desolado y triste. Pero es el lugar en el que todos terminaremos y esta vez, mi turno era como visitante.

Luego de estar listo, tomé un taxi que me dejó justo en la entrada, como el día estaba bastante oscuro, las visitas en el cementerio eran escasas.

—Buenos días.
—Buenos días, joven —respondió el portero amablemente.
—Qué desolado se ve esto hoy.
—La mayoría del tiempo está así —me respondió—. Son contadas las personas que vienen a visitar a sus muertos, a menos que sean fechas especiales o día de los muertos.
—Entiendo. Es la primera vez que vengo desde que falleció mi mejor amiga —respondí.
—¿Sí? Lo siento mucho —dijo, posteriormente se dirigió a tomar una escoba para limpiar la entrada, y refutó—: Quizá un lo siento mucho, no sirve de nada porque este es el final, así que es mejor entregarlo todo en vida; el amor,

134

los abrazos, los sueños y no guardárselo todo porque al final, no es bueno.

—Sí —sollocé.

—Yo solía tener a mi familia, mi esposa e hijos se amaban entre sí, y a mí también, aunque yo nunca supe demostrarles el amor, cuando todos fallecieron a causa de un accidente en un viaje al que decidí no ir, ahí lo entendí todo, cuando ya era muy tarde, cuando no podía más que aceptar que no los amé, ni los valoré, y que los perdí.

—¡Wow! No sé qué decir.

—No tienes que decir nada, eres un jovencito, tienes mucho por delante, ama todo lo que puedas y quieras. Deja que te amen y no seas como yo, un ser que no supo amar lo suyo por la amargura y porque siempre pensaba en sí mismo.

—¿Puedes cambiar tu realidad ahora, o al menos, hacer algo verdad? —pregunté.

—¡NO! —respondió y con un tono de voz enojado finalizó diciéndome. —: Yo ya no tengo oportunidad de nada, pero tú sí. Ahora ve, y ponle flores a la tumba de tu amiga.

—Está bien, muchas gracias —continué caminando hasta el fondo donde se encontraba la tumba de mi amiga, tenía puesta su lapida y una fotografía de ella junto a su trofeo de béisbol. Lo ganó en un campeonato, recuerdo su felicidad y su esfuerzo para ganarlo. Dejé las flores y me senté un rato ahí, no dije nada, el silencio era mi nombre y el viento estaba gritándome en ese lugar tan lúgubre.

Después de estar dos horas en el cementerio, saliendo empezó a llover, un taxi de casualidad llegó y me fui. Ese día no hice más que quedarme en casa a ver películas y fotografías que tenía con mi mejor amiga. Recordé la conversación que tuve con el anciano, me hubiese gustado decirle que sí tenía oportunidad. Me dije que se lo diría la próxima vez. Seguro su familia lo cuida desde arriba. La muerte no es el final y que, recordar con amor a tus muertos, es el mayor acto de respeto porque los mantiene vivos en tu recuerdo y en cada cosa que hagas.

CUESTA ACEPTARLO

LEE BIEN: «No importa cuál

sea el orden en el que vayas,

el destino no se equivoca,

todo llega, todo tiene su proceso

y no puedes tirarte a morir

cuando algo sale mal»

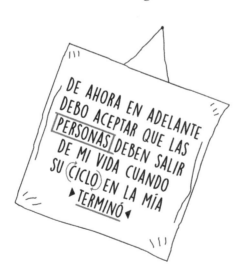

Y OTRA VEZ ¡VETE AL DEMONIO!

Me da rabia porque siempre cedí ante tus miedos.

-Eres un idiota.
-Sabías como joderme.
-Me mentiste. odié eso.
-Te creí diferente... jajajaja...
-Sabía que algún día te irías pero no con mi supuesto "amigo".
-Qué mierdas fueron.

P.D: se pueden ir al demonio

Por esto te amé:

-Me salvaste de mis miedos.
-Me hiciste sentir capaz de llegar más lejos.
-Fuiste la primera persona que me "amó" como yo quería.

P.D. Esto no significa que quiero ir por ti o que me muero por ti.

Por cierto. no quiero que olvides quien eres tú en realidad. Porque aunque lograste que yo perdiera mi rumbo. no soy capaz de querer lo peor para ti. aunque creo que lo mereces por un rato...

OLVIDO

Olvidé qué es el olvido,
pero quizás tú si sabes que es.
Dejé de caminar
en esta vida para querer olvidar,
dejé de fingir que quería escapar.

Le dije: "Hasta luego"
solo respondió: "Hasta siempre"
y no sé quién de los dos mintió

...y mientras pensaba en él
con su cabello alborotado
durmiendo en mi cama
abrí mis ventanas y lo dejé ir.

400 DÍAS Y CONTANDO

Llevo más de cuatrocientos días escribiendo poemas
para intentar unir lo que un día se rompió.

Mientras sigo en esta travesía
intento también, unir las partes rotas de otros.
No sé cuántos labios he besado buscando los tuyos
ni cuántos kilómetros he corrido.

En el último segundo del día que me quedaba
pedí que me buscaras.
Esperando me encontraras en tus sueños,
yo en mi oscuridad te encontré a ti,
encontré el recuerdo del amante esperanzado
que escribía poemas en tu piel
para escuchar la melodía de tu felicidad.

Me vestí con el silencio
pero mi mente se llenó de ruido para no creerte,
me ahogué en tu ausencia
y supe que jamás saliste a buscarme...
por eso ahora me digo:
¡Qué estúpido fui al creer que si te ibas,
no sabría cómo estar sin ti!
Qué estúpido es creer que si alguien se va
se nos acaba el tiempo y la vida.

CANSADOS Y EQUIVOCADOS

Me dije:

Querer ser feliz con lo incorrecto me volvió estúpido. Soporté su indiferencia a pesar de que me quemaba, me creí valiente y entregué todo lo que podía dar

Esto fue lo que pasó:

Me vaciaron todas mis bonitas intenciones, me rompieron con rabia como si fuese una copa, cortaron mis ramas y creyeron que había muerto. Días después regresé casi sin aliento, con los pulmones más pequeños y con mis ojos hundidos. Tenía incrustados algunos sentimientos de rabia en mi garganta, que ya no era garganta, era un intento de ella, regresé con la piel seca y con el corazón hecho mierda.

Al vivir todo eso, esto fue lo que hice:

Me juré no volver nunca más a su vida, no preguntar cómo estaba y no buscar por ningún medio acercarme, me sentía tan burlado que no tenía ganas de nada, en mi cama me quedé sentado, mirando el vacío y escuchando el ruido de los grillos. Sabía que eso no podía seguir así, que mi única salvación era llenarme de orgullo y aprender.

Pero algo sí te digo:

Algún día seré feliz, tanto que podré dormir en paz, no me sentiré culpable y no buscaré a nadie. Te aseguro que tú también lo serás, quizás no ahora... pero te acordarás de mí.

139

TÚ, MI ACCIDENTE

Me levanté muy temprano, preparé mi desayuno, encendí la TV para ver las noticias, una pareja de jóvenes había muerto en un fatal accidente, recién casados, se iban de luna de miel.

Ahí pensé en nosotros, no precisamente en irnos de luna de miel, no. Lo que pensaba era que impactamos tan fuerte uno con el otro que ambos terminamos perdidos y sin rumbo.

La mente se me llenó otra vez con tu nombre, tus suspiros, tu mirada y esa sonrisa bonita que sé que todavía tienes.

Sabía que la mejor decisión que había tomado era no buscarte más, quería hacer algo diferente, pero la noticia de ese fatal accidente de esos dos jóvenes me dejó pensando demasiado. Se siente impotencia ver que dos personas dispuestas a amarse y a ser felices, mueran de esta forma. Ni siquiera sé si de verdad seguirán juntos a dónde sea que vayan después de morir.

Ya no éramos y no seríamos. Pero como deseé que ambos volviéramos a coincidir o chocar nuestras miradas hasta romper el silencio y volvernos a abrazar, sin prisa, sin arrepentimientos y con toda esas ganas que algunos, como los de la noticia, tenían para amarse.

VESPERTINE

"El color azul del cielo se vuelve gris cuando el día
quiere vestir de melancolía".

Llegué a una estación un viernes por la noche.
Su nombre es "Estación Vespertine", desde entonces, he mirado
como cientos de transeúntes entran y salen.
Parecen autómatas, ebrios de egoísmo
esperando el tren de la vida que no va a llegar
porque la vida no es el medio ni el destino sino el viaje.

Creo que para mí, lo mejor, será que por un rato,
prolongue mi estadía en esa estación y deje que salga toda la
furia y rencor. Mientras espero mi tren,
el tren del olvido o quizás el de un nuevo amor.

Ya no quiero llevarme tantas cosas,
ahora solo quiero encontrar,
encontrar sensaciones,
soltar lo material,
soltar las carencias,
soltar las inseguridades,
soltar las miserias internas,
y buscar los detalles
que nos ofrece la vida.

EL PRESENTE DEL INSTANTE

Hoy me habló el presente y me dijo que tenía que olvidarme del pasado. Que el pasado es una luz que se apagó y que jamás la voy a encender. Que el instante es un regalo que muchos desperdician al afanarse añorando lo que tuvieron o codiciando lo que otros tienen.

Desde la ventana me grita el mañana y me dice que espera por mí. Le respondo que quiero salir limpio, curado y no tan lastimado. Me quiero ir, pero aún no. Todavía queda mucho por soltar para valorar el instante como un regalo y no como un castigo que me exaspero en resistir mientras forcejeo con el tiempo.

Otro día de viaje...
otra oportunidad
para saber qué tengo,
qué quiero,
y qué no quiero
volver a repetir.

Los errores del pasado se convierten en piedras, podemos arrojarlas al río para que sigan su curso, o podemos llevarlas de equipaje.

Un buen viajero va liviano, así que mi primer paso, es liberarme de todo el peso que llevo sobre mí.

SOLO, TE QUIERO QUERER

Quiero que el aroma de tu piel
se impregne en la mía
y seamos sólo uno.

Tu suave armonía hecha voz
descubre cada uno de mis secretos.

Te quiero querer
como un suicida quiere una esperanza.

Te quiero disfrutar como quienes
en los días de lluvia se asoman por la
ventana y suspiran.

PERO PARA QUÉ
RECORDARTE Y
—PENSARTE— SI
TÚ NO PIENSAS
EN MÍ Y NO ME
RECUERDAS.

Quiero tu cuerpo entero en el alba,
Y no sé que pase después, pero, en serio, acá te quiero.

Quiero quererte, como quiere el desierto a la lluvia,
Pero también quiero odiarte
porque me quitaste lo que más quería.
Tú.

¡GRACIAS POR MENTIRME!

* BUSCARTE: ✗
* BUSCARME YO: ✓

143

CARTA EFÍMERA

15 de agosto, 2016. 1:10 a.m.

Sin destino.

He caminado por los mismos lugares muchas veces, siempre recuerdo quién era ayer, doy una mirada al pasado y me digo: "Qué tonto fui". Mi cabello creció, mis manos siguen siendo iguales pero creo que están un poco más suaves. Si te hablo de mis ojos, te explicaré por qué ya no lloran; el tiempo pasó, este nunca se detuvo para mí, no tuvo compasión conmigo, tampoco me hizo sentir especial.

Quiero contarte que un día de repente dejé de intentar que todo saliera bien. ¿Por qué estaba tan sumergido en la profundidad de los recuerdos si ya no estaba? Vívelo y me entenderás. Me centré solo en él y la gente se aburrió de mí cuando solo hablaba de lo increíble que era, después les hablaba de cómo nos fuimos por caminos distintos. Y por último, les conté cómo fue que terminé aquí desde el 14 de septiembre de 2015. Yo también me aburrí, mis cuerdas vocales terminaban agotadas y desgastadas.

Ahora que sí vivo en mi presente, cuando lo recuerdo solo pienso en la brisa y el viento... viene de un lado a otro y me susurra "Allí te veo". Entendí que no me pertenecía, ni yo a él. Y aunque lo recuerde toda la vida, siento que ya no me hace falta como antes. Reaccioné de nuevo y comencé otra vez. Así que tú que me lees, también puedes hacerlo, también puedes desprenderte de todo el dolor.

Con amor, Vespertine.

MIS VOCES HAN HABLADO OTRA VEZ

Escucho en letanía las consecuencias de mis acciones. He soñado con personas que parecen perdidas y en la oscuridad. No hablan, olvidaron como caminar y no saben a dónde mirar, seres grises que perdieron su conexión con la eternidad y ahora solo son almas vacías echando de menos un espíritu.

Las canciones ya no me parecen
tan tristes como antes porque
las comprendo más.

Hoy miro mi cielo,
hoy cierro otra puerta,
hoy practico el decir adiós,
en serio... de verdad.

Ahora cierro mis ojos y
se acaban las tormentas.
Sé que eso es bueno,
el aire que respiro
me dice que vivo,
la noche no tortura,
me acaricia,
y en un suspiro,
comprendo dónde estoy,
esta parada,
se llama tranquilidad.

YA NO ES HORA DE ESPERAR

A ti quiero decirte: deja de esperar.
Deja de quemarte la mente por culpa de alguien.
Te prometió que se quedaría, pero mírate,
prácticamente de nuevo tocando fondo.

No te sientas menos,
porque te entiendo,
yo también esperé,
pero quedarme esperando provocó
que terminara seco,
sin raíces y sin seguridad.

No elijas quedarte en el olvido
y sentirte incapaz de volver a
despertar. Otra vez te sientes solo, yo lo sé;
también me siento solo,
pero eso no significa
que volveré a retroceder
a lo que era e hicieron de mí... eso jamás.

Escribí para que no me olvidara. Me hizo a un lado como un juguete viejo, ahí acepté que el amor es algo que no todos lo saben interpretar, sólo lo usan para no sentirse solos pero se les olvida que dañan a otros.

Anda... no estés triste, coge tus maletas, sal a dar un paseo, diviértete contigo. Puede que todo a tu alrededor queme, pero en ese caso, siempre puedes convertirte en agua.

PARA LOS QUE NO SABEN CÓMO CONTINUAR

No sufras con la idea de lo que no pasó,
hay cosas que no pasan y solo eso, no pasan.
Recuerda siempre lo feliz que fuiste,
mantén contigo todos los momentos,
mantén contigo las sonrisas, los abrazos,
las comidas y las salidas.

Mantén todo lo que te recuerde cuando fuiste
y te sentías feliz, decide quedarte mejor con eso
y no con el trago amargo del final, no seas
tan cruel porque no lo mereces.

¿Has perdido entonces?
sentirás que sí, porque yo también lo sentí,
pero no será para siempre, ese sentimiento
de perdida es un capítulo más de nuestra
vida, de lo que hacemos aquí y lo que somos.

Entiende, no has perdido,
de tu vida se irán personas que nunca
creíste que se irían, tendrás días tristes
y días donde la adrenalina superará
su nivel. Te quedarás con todo,
vas a continuar aunque digas que no puedes.

El mundo es para los que siguen,
para los que avanzan,
para los que aman,
incluso con el corazón destrozado.

Si quieres un amor completo,
consigue primero tu amor,
ese que habita y florece cada
mañana en ti.

Ese amor eres tú, y aunque
te sumerjas en la soledad,
el amor propio
nunca se irá de tu lado.

SI UN DÍA ME RECUERDAS

Si un día te preguntas por mí, sabrás que mi vida continuó. Me fui por un camino distinto al tuyo, aprendí a ser feliz, me busqué en los rompecabezas de mi mente y pieza por pieza me armé.

Reconozco que cada vez que llegaba a la ciudad tu cara aparecía en todos lados, pero aunque mi cuerpo estaba en la ciudad, mi mente había vuelto al espacio sideral a construir constelaciones de verdad.

Sistemas solares de amor propio y a trabajar en mi planeta llamado "vida", mi mayor proyecto, en el que solo se respira esperanza, decisión y pasión por seguir adelante y volver la realidad algo mejor que los sueños.

En mis letras y mi piel tu nombre se borró, aunque esto confunda el presente, aunque crean que miro al pasado y que te quiero de vuelta, no es así.

Me puse el traje del desapego,
para ahora pertenecer
a algo más grande que tu recuerdo,
al infinito, a la vida y cada alma perdida,
que me lee desde su dolor.

149

OLVIDÉ CÓMO SER FELIZ

"No me digas como ser feliz si tú no lo eres.
No me mal interpretes, pero en serio...
Comienza a ser feliz".

Reventó mis ventanas, destrozó mi tranquilidad y el ruido en mi mente me hacía sentir en peligro. Un día olvidé cómo ser feliz, me perdí y me llené de miedo.

Pasaba los días enteros contemplando la nada,
y perdiéndome de esa casualidad que me esperaba.
No culpé a la vida, ni al destino, ni a nadie,
solo estaba atravesando ese oscuro camino.
No sé de dónde vengo, ni sé a dónde iré.
Pero, un día olvidé cómo darle color a mi propio cielo
y cómo hacer de mis noches, poesía.

Un día desaparecieron mis ilusiones,
se encendieron mis inseguridades y me encerré
otra vez porque creí que lo mejor era desaparecer.
Un día quería sentir que me amaban, nadie me amó.
Un día quería ser encontrado, nadie me encontró.
Un día quise que saliera el sol, y todo el día llovió.
Un día quise que amaneciera, no amaneció.

Un día sentía que me apartaba de la realidad y la melancolía me
abrazaba. Suspiré hondo para llenarme de paciencia porque sabía
que algún día todo, tendría que cambiar a mi favor.

PARA SIEMPRE
IMPOSIBLE

Aprendiste y supiste, que quien te quiere te lo hace sentir,que no sabe de excusas y no le importa tu pasado. Entendiste que no tienes que estancarte por alguien que hizo que te cerraras a la posibilidad de conocer una mejor persona. Te acorralaste y te culpaste como si todo lo que pasó fue tu culpa, tú no tuviste la culpa, crees que no fuiste suficiente para ese alguien, cuando la verdad es que fuiste mucho y no te supo cuidar.

Quien me quiera querer que lo haga,
mis brazos abiertos tendré.
Quien quiera irse, que se vaya
porque a estas alturas de la vida
no estoy para juegos tontos de;
«te persigo porque quiero que te quedes»
Sé que cuando amanezca el destino
me mostrará por otra ventana lo que merezco.

No quiero mentirme más,
no quiero seguir pintando
caras felices sobre mis despedidas.
Quiero amarme por todo
lo que me hirieron.

DÉJARNOS IR

"Dejamos de escribir un futuro... la vida sin ti continuó.
Al final, fue bueno dejarnos ir".
Dejé a un lado el lienzo y la paleta de colores,
no tenía días con cielo azul, solo gris.
En el último lienzo que quedaba te dibujé
soltándome la mano,
la pintura se llamaba: "ES HORA DE DEJARNOS IR".

Las horas pasaban, ya no se trataba tanto de ti, sino de mí, de quien me había convertido y lo innecesario que era recordarte, pasé madrugadas escribiendo y arrugando papeles, hasta que me dormía profundamente y quedaba en paz.

LA VIDA CONTINÚA

Continúa a pesar de que te necesite.
Continúa y continuó después de notar
que otras personas me necesitan.

La vida continúa
porque después de todo,
no está mal romperse un poco,
está bien estar mal
Lo descubrí
cuando me cansé
de fingir sonrisas.

EL ANCIANO

Estaba en mi penúltima parada, en una comunidad indígena. Llevaba una semana sin celular y cada día me conectaba más con lo que me rodeaba. Estábamos alejados de todos. No sé cómo llegué allí. No lo tenía planeado, pero viajar sin rumbo a veces te sumerge en la belleza de las sonrisas. He ayudado a los niños, y he estado conociendo el Dharma. Tenía miedo de estar solo, de olvidar y ahora no necesito hacerlo. Me gustan mis recuerdos porque forman lo que soy.

—¿Qué has aprendido?

—¿Me estás persiguiendo? ¿Qué estás haciendo aquí? —respondí al anciano.

—Tanto que escribes sobre las casualidades y ¿así las tratas cuando están frente a ti?

—Tienes las respuestas, y estoy listo para oírlas —cambié el tema y me centré en lo importante. Había deseado mucho ese encuentro.

—Muy bien. En primer lugar seguirás estando triste de vez en cuando, tu dramatismo seguirá formando parte de ti, pero no dejarás que te domine. Terminarás perdonando a la persona que te lastimó. Volverás a enamorarte cuando estés listo y querrás de verdad. Porque cuando lo amabas, no te amabas, y amar sin amarte, jamás será amor. Por ahora es todo lo que puedo decirte, lo demás lo irás descubriendo. Es posible que volvamos a vernos, ojalá entonces, vea en tus ojos la luz de la calma. Feliz viaje y recuerda que cada vez estás más cerca —dijo, y de nuevo se retiró. No lo detuve, he aprendido a soltar y además, algo en mí me decía que volveríamos a vernos.

cuando me vaya. no

voy a mirar atrás

ESPACIO VACÍO

¿Te gustaría ser mi píldora de felicidad? Le pregunto a aquel que aparece en mis sueños y todavía no sé quién es.

Mi mente se comprime al pensar que cuando la tormenta llega es porque después algo bueno vendrá. He soportado como el hierro para sentirme más fuerte, eso es lo que dicen, que los golpes de la vida nos enseñan a ser más fuertes. ¿He vivido lo suficiente? Creo que no, hubo tanto que decirnos y no lo hicimos, del silencio que mantuvimos buscamos nuestros mejores momentos para aprender a perdonarnos. En nuestra despedida creí haber dicho que jamás lo iba a recordar, pero si digo la verdad, nunca dije eso porque nunca nos despedimos de verdad.

Me niego a aceptar que te extraño,
porque lo que extraño de ti es lo que solías ser…
y lo que solíamos ser, no volverá jamás.

Te quise como si la fuerza de las nubes
y los relámpagos se alborotaran y comenzara a llover
para dar vida a la tierra que moría por la sequía.

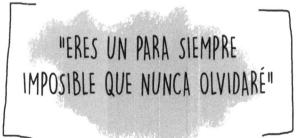

"ERES UN PARA SIEMPRE IMPOSIBLE QUE NUNCA OLVIDARÉ"

PERDÍ, PERO TAMBIÉN GANÉ

"Debes saber que si un día por la mañana despiertas sintiéndote nada, es porque algo te dice que lo estás haciendo mal, y si pierdes no te preocupes, también ganas… te lo digo yo, que escribo para ti".

Perdí la cuenta de los días sin ti.
Hoy nuevamente apareces en mis paredes,
nunca encontré las palabras indicadas para decir
que el amor finalmente, se había muerto.

Perdí la cuenta de las horas sin ti.
Olvidé lo que me dijiste y en esa última carta
el trazo de las líneas que se formaban con cada garabato,
garabatos que los traduje con fuerza para descubrir
y sentir lo que sentías tú por mí.

Me enseñaste que desde la distancia pude amar,
soñar y apreciar lo que soy.
Me enseñaste que hay nuevas oportunidades,
me enseñaste a creer más en mí,
me enseñaste, a pesar de todo el daño que nos hicimos
que sí hubo alguien que amó con fuerza y locura
lo que soy.
Y ese alguien eres y serás tú.

Estación comienzos

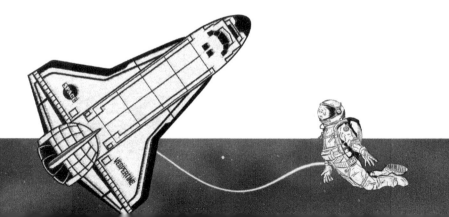

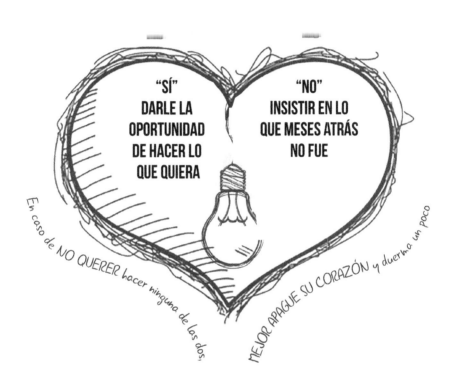

Creo que te debo una disculpa. Te he llevado muchas veces al pasado y ahora no sabes donde estás. Pero estás justo donde debes estar, donde tus sentimientos se muestran tranquilos y tus miedos se han ido. A partir de ahora quiero que te liberes, quiero que te liberes de todas tus cargas y hagas de tus culpas un globo y lo sueltes. Nada malo te va a pasar, si has llegado hasta aquí es porque poco a poco has conocido mi historia, lo que sentí y lo que tú sentiste o sientes en este momento.

Lo que me gusta de este viaje es que nadie me dice qué hacer y he conocido lo que nunca pensé conocer, he descubierto que me gusta sentir, suspirar y cerrar mis ojos y escuchar. Comprendo más a otros, no me gusta juzgar y me siento menos egoísta.

Discúlpame si desordené tus sentimientos
y arruiné tu tranquilidad,
discúlpame si te di en la herida, no fue mi intención,
discúlpame si borré de tu mente todas las promesas,
discúlpame si te mostré la realidad y no te gustó.

Juntos hemos llegado lejos y creo que
lo mejor es que continuemos dando vida
a esta travesía que ha sabido no solo
desprenderte de lo que te hiere,
sino que te ha acercado más a ti,
te ha respondido preguntas y te ha
enseñado que una promesa, un beso
y un abrazo se los puede llevar el viento.

DESTINO INCIERTO

Deja que las personas salgan de tu vida, no obligues a nadie a que permanezca porque vivirás con la duda, deja que todo lo que tenga que salir, salga. Deja de aferrarte, deja de creer cuando sabes que mienten, deja de permitir que hagan contigo lo que quieran si en la noche te vas a tumbar en la cama a llorar, deja de interrumpir tu camino esperando a otros que no esperan por ti.

Continúa hacia tu destino incierto, comienza a vivir pensando que no hay un mañana, comienza a sonreír más, comienza a explorar, a tomar riesgos, comienza a romper la monotonía que creaste porque en ella te sentías bien pero ya te aburriste. Comienza a querer a las personas por lo que son y no por lo material que te puedan dar, comienza a escuchar más, a mirar más y a esperar menos, deja que te sorprendan y sorpréndete de lo que puedas encontrar.

Hoy estás aquí, mañana quién sabe donde.
Así es la vida, y para ella no tengo una respuesta concreta,
solo estas líneas que al escribirlas
me hacen recordar que somos un milagro,
un milagro gigante que nació
para conocer el amor y la felicidad.

Quinta fase del viaje

Ahora entiendo que no es
necesario tener a alguien al lado.
Algunas conversaciones nacen de
la soledad. Hoy fue un día
repleto de compañía:
por fin conversé conmigo.

365 DÍAS PARA EL AMOR

"Un día te darás cuenta
que todo lo que hiciste por alguien
valió la pena y aunque ya no esté,
sabrás que entregaste todo tu ser
y eso solo lo hacen las personas reales".

Entregamos todo sin el precio de querer algo a cambio, porque lo que es nuestro, sucede. Regalamos una sonrisa para aquellos que hacen nuestros días más hermosos. Y nos regalamos a nosotros la paciencia de haberlo ganado todo. Aunque nos rompan, aunque nos maten, aunque nos digan que "a la mierda contigo" un día comprenderás que todo lo que das sirve para sentir tu verdadera esencia y saber lo que realmente eres.

Ya no importa cómo te mires,
si sabes que en tus años de juventud
al vivir la dulce vida entregabas todo de ti,
y aunque algunos no valoraron eso,
hay otros que sí lo hicieron,
por eso cuando alguien salió de tu vida
fue porque debía hacerlo, y ahora entiendes
ese sentimiento que te inundaba cuando quien
tenía que salir eras tú.

Me adelanté y te llevé al futuro, imagínate que estás en un sofá, ya viviste todo lo que tenías que vivir, soltaste, lloraste, gritaste, tuviste mucho sexo, te enamoraste, comiste lo que te dio la gana, te fuiste a donde quisiste, rompiste reglas, las creaste, te lastimaron, lastimaste, tuviste un perro, un gato, un loro, un pájaro, te fuiste al mar, conociste, se fueron, otros quedaron... tú en un sofá, suspirando, recordando, sonriendo por todo lo que viviste, y sabes que lo hiciste bien.

TÚ... AQUELLA MITAD

La verdad es que nuestro final fue amargo. Sabemos que cuando decimos: "Es una larga historia" es porque sigue doliendo, ahora eso es diferente, si la cuento me río, no por crueldad, sino porque mirando hacia atrás sé que di mucho y más, más de lo que tú esperabas, y más de lo que yo creía capaz de dar.

No puedo decir que fuiste
mi mejor mitad,
pero fuiste
lo que nunca esperé,
lo que nunca pensé
y lo que nunca soñé.

Fuiste mi otra mitad sólo
por un corto tiempo,
pero fue suficiente para
mí y no hace falta que te
vuelvas a cruzar
en mi camino...

165

CONSTRUYENDO LA FELICIDAD

Si supieras que con todo
lo que he recorrido
he ido construyendo
bloque por bloque
mi felicidad,

Es lo que yo quiero que hagas tú,
que no mires atrás
y te enfoques en tu presente,
es hermoso, tranquilo y necesario.

Entiende que no necesitas
a quienes se fueron
te sientes bien sin ellos,
comienza por ahí
y construye

lo que es tuyo.

"A veces no quiero seguir.
Hay días donde no quiero nada,
y otros donde quisiera decir de todo.

Me dejo llevar...
me dejo llevar
para ver si en algún momento,
pasa algo bastante interesante".

ACEPTANDO LOS CAMBIOS

Un día aceptas, que si el sol no sale,
quizás es porque va a llover,
y comprendes,
que quien decía amarte,
nunca lo hizo.
Y aceptas, que no eres tú,
que no es nadie.
Que cuando algo tiene que cambiar,
cambiará.

Una noche
antes de irte a dormir,
te pones a pensar
y aclaras lo que de verdad sientes,
descubres que ya no te duele,
tus heridas sanaron
pero es tu mente
la que te sigue obligando
a estancarte donde no debes.

Y sonríes porque sabes que te viste
en un papel muy tonto,
también sientes un poco de pena,
pues tardaste mucho tiempo
en darte cuenta que habías sanado.

MAMÁ

Mi madre dice que uno tiene que mantenerse tranquilo cuando alguien se va, que no importa si alguien que te hablaba por mucho tiempo dejó de hacerlo. Algo que siempre me he dicho cuando ando hablando solo es que tengo esa espiritualidad de mi mamá, a pesar de que a veces peleamos, he tenido conversaciones con ella que me han enseñado mucho. Quizás no sea muy buena hablando sobre el amor, o sobre otras cosas de mi interés. Pero en lo que sí es buena es en poseer la sabiduría que no todo el mundo posee. Aprendí de todos los que han pasado por mi vida, pero he aprendido más de quien casi la pierde cuando llegué junto con mi hermana; mi madre.

Sabemos que el único apoyo incondicional es el de nuestras madres. En esta parte es cuando nos olvidamos un momento de aquellos problemas a los que no deberíamos dar importancia, aquí es cuando nos ponemos a pensar con claridad todo lo que hemos aprendido.

Tú que me lees,
tú que aparentas ser fuerte pero no lo eres, te pregunto:
¿Quién te levantó por las mañanas para ir al colegio?
¿Quién te preparó el desayuno, el almuerzo y la cena?
¿Quién fue la que con sus incansables regaños te ayudó
a posicionarte y a convertirte en lo que hoy eres?

¿Quién te advirtió que la vida no es nada fácil?
¿Quién te regañó más de una vez?

¿Con quién peleaste y al rato estaban como si nada?
¿Quién es y será por siempre nuestro primer amor?
Nuestra mamá.

Con el paso de los años, los golpes, las despedidas, las tragedias, o simplemente la pérdida de cualquier objeto de valor nos hace creer que ahí se nos detiene la vida, los sueños, las esperanzas y los motivos para continuar, pero no... poco a poco vas apreciando lo que tienes, vas reconociendo el valor de las cosas, de la gente que permanece porque quiere. Comienzas a notar quien te quiere de verdad.

A veces para comprender el por qué del después, solo nos basta con dar por un momento una vuelta al pasado, así podemos ver más cerca todo lo que hemos cambiado y entendido. No somos ningunos idiotas por aceptar que perdimos, no creas en eso. Y en todo este viaje, no tienes idea de cuántas fueron las noches en las que deseé parar. Habían días en los que me sentía perdido, escribir con el alma rota fue lo más sincero que pude hacer. Fui tornasol, poema, culpa, noche, luna, sol, tarde. Fui tiniebla, centella y Vespertine.

Supe continuar porque quise, me llevé todas mis preguntas y las cargué en mi lomo, en esta travesía las he ido soltando una a una y espero tú hayas por lo menos, interpretado alguna. No compartimos la misma historia, pero sí el mismo sentimiento. No tenemos la misma mamá pero todas, bueno casi todas, comparten una misión, amarnos como somos y enseñarnos lo que no sabemos.

COMENZAR DE NUEVO

Me fui por otros lugares y dejé de manchar mi dignidad. Entendí que no tengo que pedir disculpas si no tengo culpa, cometo errores pero de esos me encargo yo.

Luego de repetir miles de veces que debía comenzar otra vez y luego de fallarme unas cuantas veces más, ya no hay excusa para volver a fallar.

En algún momento permanecer en silencio nos ayuda a escucharnos desde adentro, la vida nos obliga a mantenernos quietos pero también inquietos. Nos hace llenar de frustraciones, rabias, y nos causa intranquilidad porque somos demasiados necios. Vivimos en una realidad que no es de nuestro agrado, nos quejamos por todo, nos sentimos mal y queremos acabar con todo de nuevo. Ojalá te des cuenta ahora que el problema lo tienes sembrado en tu cabeza y que es hora de arrancarlo de raíz.

Es hora de que seas libre, diferente
y te sientas bien contigo.
Basta de querer acabar con todo y
decir que lo sientes·

Las experiencias nos llevan a asimilar que los 'para siempre' no existen, aceptamos que si hoy cerramos los ojos quizás en la mañana no los volvamos a abrir. He aprendido de muchas personas y ya no le doy tanta importancia a cuánto es el tiempo que están conmigo, pues valoro lo que de ellos he aprendido, ya no quiero andar en esa interminable melancolía o despecho por no saber si me quieren o no. Y para poder llegar a esa conclusión tuve que llorar, sentirme invisible y un poco fuera de lugar.

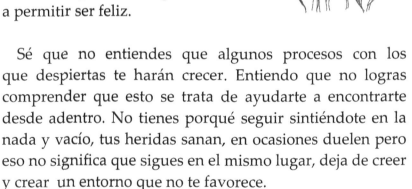

Te arrastré a mi realidad para que vieras como estando moribundo logré despertar y como con mi mano me arranqué el miedo. Creo que nunca es tarde si despiertas por la mañana con la intención de querer hacer tus días diferentes, me quiero ir con la tranquilidad de que tú te vas a permitir ser feliz.

Sé que no entiendes que algunos procesos con los que despiertas te harán crecer. Entiendo que no logras comprender que esto se trata de ayudarte a encontrarte desde adentro. No tienes porqué seguir sintiéndote en la nada y vacío, tus heridas sanan, en ocasiones duelen pero eso no significa que sigues en el mismo lugar, deja de creer y crear un entorno que no te favorece.

Comenzar para mí significaba dejar todo, pero para lograrlo tenía que inventarme un método y no morir en el intento. He sobrevivido más de lo que esperé, he creído más y me he sentido bien.

FUE BUENO

1:45 a.m, la hora exacta para alborotar mis deseos pero son mis miedos lo que siguen despiertos. Ahora pienso en todo lo que ha pasado conmigo y en como la realidad nos descarrila y no nos deja conducir hasta curarnos.

Esta madrugada quiero decirte:
-La soledad me ayudó a entender mucho,
no es tan malo estar en ella.
-Hacer cosas que nunca me atreví a hacer
se sintió maravilloso.
-Dejar atrás la palabra "intentar",
y hacerlo, me hizo sentir vivo.
-Sé que por más lejos que llegue,
recordaré a donde no debo volver.
-Cuando tenía 16 años no sabía qué hacer.
Ahora, si no sé qué hacer,
vivo el día como si fuera el último.

Pero también quiero decirte:

-Nunca había llegado tan lejos.
-Volví a restaurar mi fe.
-Olvidé lo que es odiar.
-Aprendí a perdonar.
-Cuando caigo en lo mismo, en recordar y extrañar
me siento a pensar y sonrío porque sé que fue bueno.

AGOSTO

"Aquella noche fugaz todo terminó en silencio…
'debemos dejarnos ir', fue lo último que dijo".

Por supuesto que lo sabía, sabía que se quería ir, pero me tomó por sorpresa y con las manos vacías, quien diría que la persona que me había reconstruido sería la misma que muchas noches atrás me estuvo golpeando lentamente hasta hacerme caer.

No quería intentar borrar aquella noche de agosto todo lo que por meses creé. No sabía cómo hacer para olvidarme y hacer como que nada pasó. ¿Pero cómo hacía? No puedo obligar a alguien a quedarse si no quiere, pero quise obligarlo a que me siguiera queriendo y no aceptó. Le dejó de importar todos los kilómetros que recorrí, los pasos que di, las palabras que dije y lo que sentí.

Nunca reprimí tanto mi dolor como en aquellas mañanas de agosto cuando despertaba y respiraba profundo e imaginaba que vivía otra vida, en otro lugar y que no me estaba volviendo loco. Y aunque era libre, no sabía como abrir mis alas y volar lejos, me encerré en mi dolor, volví infinita mi tristeza y me hundí en la soledad. La noche de agosto en la que el frío me abrazó y me hizo sentir solo, fue la noche en la que aprendí a desnudar mi realidad y miré de cerca el final. Me consolaba saber que en algún momento la tranquilidad volvería y podría estar quieto. No sería el mismo de ayer ni el de esa noche, pero sería más feliz. Y en cuanto a ti, que lees... Sabemos que ya no eres el mismo.

AHÍ BAJO UN ÁRBOL

Ese sentimiento de soledad y tristeza comenzaba a desaparecer de mi cuerpo. Me di la oportunidad de conocer otras tierras y personas diferentes. La palabra extrañar ya parecía tatuaje y la aburrí. Recuerdo cuando falleció mi mejor amiga, la última semana sabía que pronto se iría, que estaba cansada, triste, harta, y confundida. Pero sabía, dentro de mí, que estaba tan jodida que de esa cama de hospital no se levantaría.

Me sentía egoísta, sentía miedo y sentía rabia. Recuerdo cuando me preguntaba ¿Por qué a mí? Con un nudo en la garganta le respondía que "Dios" a las personas más fuertes le pone las pruebas más complicadas.

Sé que hay ausencias que terminan siendo para nosotros una enseñanza

Entiendo que los más buenos se van más rápido,
que no hay que esperar el mañana para intentarlo,
que el hoy es lo que más vale.

Entiendo que cuando alguien se va queremos hacer más,
pero cuando la ausencia nos golpea,
las oportunidades se van.
No sé a dónde se pudo ir, pero está libre y no sufre,
no llora, no siente.

El día que se fue mi mejor amiga miré al cielo y agradecí que ella abriera sus alas, por supuesto que me ha hecho falta, pero lo que me llenaba y me llena el alma es que la siento conmigo, porque es parte importante de lo que soy.

VOLVER

*Regresé de nuevo a la vida
después de largos meses de confusión,
de momentos bruscos,
de sentir como las montañas se caían
y cómo las fuerzas quedaban vagas
y solo en mi memoria.*

*Mis ojos apagados y mi voz en silencio
parecían una copa vacía y sucia.
Seguía con el alma desafinada y no podía afinarla.*

*Cuando me oculté me comenzaron a buscar,
no podía dormir por el ruido en mi mente,
vivir es extraño si te enfocas en lo que sientes
y no entiendes.*

*Cada una de mis raíces tiene una historia.
Cada adiós que he vivido es una melodía
que me desgarra el alma.
Cada día se convierte en una oportunidad
y cada abrazo me enseña a volver a empezar.*

*Acepta que nada volverá a ser igual,
quienes se fueron, quienes se quedaron,
forman parte de ti, no tienes por qué culparte
y buscar culpables... no caigas en ese papel de víctima
que lo único que logra es destruir lo que eres.*

Última
parada

LOS QUE TE DEJARON IR,
NO TIENEN POR QUÉ VOLVER.
LOS QUE TÚ DEJASTE IR
NO LOS DEBES BUSCAR Y LOS QUE SÍ
TUVIERON QUE IRSE... DÉJALOS,
NO PUEDEN REGRESAR.

¿En que nos convertimos al final del día? ¿Qué somos realmente? ¿Lo que decimos o lo que hacemos? ¿Cuál es el verdadero misterio que hay en las noches? ¿Qué somos cuando amanece? ¿Por qué esa manía de arrancarnos un pedazo de vida y pretender lanzarlo al vacío? ¿Por qué somos tan mediocres y creemos que todo acaba cuando algo sale mal?

Lo afirmo de nuevo y lo acepto, no sé cuántas veces creí que al despertar todo sería diferente, me mentí tan descaradamente, que a pesar de permanecer con las heridas abiertas, pretendí dejar que quienes las causaron fuesen los mismos que la curaran.

Todo es distinto, todo cambió, ha pasado un año desde la última vez. Han pasado 365 días y aquí estoy, sintiéndome mejor, conociéndome y entendiendo las trampas de olvido.

Porque no logré olvidar como quise y en el camino supe que nunca lo lograría, que no olvidamos lo que vivimos pero que podemos vivir con ello. Que todo lo que nos ha pasado nos transforma y nos libera. Nuestra historia nos enseña a ser diferentes y mejores.

*Al final, cuando el viaje termine,
agradeceremos a todos los que nos rompieron,
porque principalmente en las heridas,
logramos conocer nuestro coraje.*

YA NO PASA NADA,
DEJA DE PREOCUPARTE.
LO QUE ES PARA TI
EN CUALQUIER MOMENTO LLEGARÁ
SÓLO DEJA QUE SUCEDA,
NO ESPERES NADA DE NADIE,
MEJOR DÉJATE SORPRENDER
Y NO LO OLVIDES:
QUE PASE LO QUE TENGA QUE PASAR
PORQUE ESA SERÁ LA MEJOR PARTE.

A partir de ahora,
no sólo lo pienses... alcánzalo.

Llegada

Salida

179

EL ARTE DE ESTAR LOCOS

Hay momentos en que el cansancio puede más y nuestra paz huye de nosotros. Hay momentos en que todo se torna incomprensible para las personas "normales", para las personas que actúan según lo tradicional, hay momentos en que para ser feliz, hay que salir de las convenciones y romper el molde.

Todos sabemos que estar rotos nos vuelve más sinceros y a veces; observar nuestras heridas nos permite saber si lo estamos logrando o no.

Quiero que llegues a esa parte de tu vida en la que te enfoques en disfrutar cada momento y te olvides por completo del daño que causaron en ti pero que sin duda, fue necesario. Sé que sabes que la vida es un cambio constante, he tratado de mantener eso como una premisa válida para mi viaje, pero no solo leas mis letras y dejes que el viento se las lleve, aprovéchalas y date la oportunidad, en medio de tu locura de sonreír como si el para siempre aquí, en esta tierra, existiera de verdad.

Nuestros sentimientos a veces nos confunden, cometemos errores y creemos que está bien. Pero no pasa nada, hemos llegado demasiado lejos como para tirar la toalla ahora, así que adelante... ¡hay que continuar!

EL ARTE DE COMPRENDER

20 de agosto de 2016. 03:45 a.m.

Tuve días malos y buenos, tuve noches del demonio y madrugadas que me ayudaron a no seguir fracasando. Comprendí que no necesitaba la compañía de cualquiera para dejar de sentirme solo. Acepté que también tuve mis errores, que lastimé a quien sí me quiso y nunca me disculpé. Tuve que soltar cosas y liberarme de la carga pesada para poder continuar. Miré el pasado como un libro de enseñanzas. El presente esperaba por mí, así que luché con el miedo y di el paso final. Cerré esa puerta y entendí que el amor de verdad es comprensivo se sostiene por dos, no por una sola persona.

Poco a poco fui amaneciendo como el sol por las mañanas, fui conociendo nuevas tierras, comencé a amar otra vez, comencé a florecer, dejé la inconstancia a un lado e hice de los Déjà vu, un cuento y los tiré al cielo.

Tomé la decisión de aprender en serio y no solo prometérmelo en el pensamiento. Me sirvió. Ahora quiero darme todas las oportunidades que sean necesarias, quiero alcanzar lo que parece inalcanzable y quiero demostrarme que puedo. Y por eso quiero darte un recado: Deja que te duela tanto como sea posible, el dolor algún día morirá y serás feliz. Pero mientras sigas insistiendo te dolerá más y más, creo que si comprendes tu realidad, comienzas a sanar.

EL ARTE DE SOLTAR

23 de gosto de 2016. 01:15 a.m.

En el olvido se quedaron mis deseos contigo,
también las cartas que no te entregué
No sé cuánto he soltado
pero siento mi vida más ligera.
No tengo miedo de verte, escucharte o abrazarte.
Te perdí y te solté, pero aquí estoy de nuevo,
mirando lo que tengo delante de mí
y disfrutando cada momento.

-Suelto mis intenciones contigo.
-Suelto mi rabia.
-Suelto mis celos.
-Suelto mi despecho.
- Suelto tu recuerdo.
-Te suelto a ti para liberarte
y más nunca echarte de menos.
-Suelto al viejo yo, ese que era un ingenuo.
-Suelto todas mis cargas y emprendo hacia otro sendero.

EL ARTE DE SURMERGIRSE
EN LA SOLEDAD

26 de julio de 2016. 02:45 a.m.

Hay quienes tienen miedo a la soledad y por eso dejan que en sus vidas permanezcan personas que no necesitan. Recuerdo que estuve así, con ese sentimiento que me hacía creer que cualquier compañía me caería bien. Poco a poco comenzaron a irse de mi lado y no hice nada para detenerlos. Me quedé solo por las noches, pasé madrugadas en silencio y en la mañana no había nadie que quisiera darme los buenos días. No me sentía mal, no me sentía derrotado. Me sentía un poco bien porque a pesar de todo, comenzaba a sincerarme de verdad.

La soledad también es un viaje,
es irnos hacia otros lugares
y disfrutar el entorno.
Es atrevernos a prescindir de alguien,
es decirnos que sí podemos vivir esta vida
con un poquito de frialdad y distancia.

Quiero que te quedes con las personas
que de verdad valgan la pena,
que valgan la vida y los suspiros,
que valgan el tiempo y las ganas.

No quiero que sigas sumergiéndote en la oscuridad
pretendiendo que olvidarás. No lo harás, si quieres
estar solo, hazlo, hazlo y verás de lo que eres capaz.

183

EL ARTE DEL MAÑANA

01 de agosto de 2016. 12:56 a.m.

¿Te has preguntado que pasará contigo mañana? Supongo que sí. Yo me hago esa pregunta todos los días, pero aquí estoy escribiendo lo que siento en esta madrugada mientras se desnudan sentimientos. Todos están durmiendo, el insomnio me ganó la guerra y no voy a seguir peleando. Te dedico mis palabras, que como siempre, intentan darle sentido a tu realidad.

Despreocúpate y respira con tranquilidad
comienza a disfrutar la vida
sin pretensiones del mañana.

Anhela volar alto,
ponte el reto de pisar otras tierras,
no te conviertas en lo que no quieres
y no te permitas de nuevo
cegarte como antes.

Como me gustaría que quienes se sienten tristes y solos, vuelvan a hacer lo que les gusta, salgan de su zona de confort y disfruten lo que tienen. Que caminen con las personas que de verdad los quieren, que valoren cada respiro y no sigan estancados, quiero que ellos mismos abran sus ojos y dejen de seguir confundidos.

Peleaste todo lo que tenías que pelear y perdiste,
no siempre ganarás como querías.

184

Pero que hayas perdido
no significa que es el fin.

Vuelve a ti, escúchate,
siéntete, abrázate.
No tienes porque seguir creyendo
que no puedes. ¡NO TE MIENTAS MÁS!

Quiero que dejes de pensar en lo imposible,
cada mañana tienes la oportunidad para
empezar y no la estás aprovechando.
Sólo piensa, hacerlo está a solo un paso
el miedo no puede ser mas grande
que tus ganas de salir adelante.

Todo terminó siendo bueno. Tener el corazón roto no duró para siempre y cada vez estamos más cerca de la meta.

La verdadera meta recae en concentrarnos en el camino, en entender la vida como un proceso y no como un premio, y conseguir respirar calma en vez de tempestad.

Prometo cada mañana darme la oportunidad de ser feliz.

EL ARTE DE CALLAR

03 de agosto de 2016. 09:42 p.m.

Por mucho tiempo lo intenté, quise traer de vuelta al viejo yo, nunca lo logré. Dejé de insistir y comencé a caminar por esta vida que comenzaba a darme alguna de las respuestas que quizás me hubieran servido en el pasado.

Llegará una noche
en la que no esperarás.
Dejarás tus miedos atrás,
disfrutarás el presente y sus regalos.

En esa parte de la vida,
tus sentimientos estarán en su lugar,
no te sentirás mal,
quizás en algún momento
te sientas triste, pero no pasa nada.
Eso no significa que volverás
a la miseria en la que te perdiste.
Solo aprende a callar esos pensamientos
que ya no sirven.

No te preocupes si te cuesta,
porque no es fácil desprenderse,
pero ahora tienes que sostener algo,
y ese algo eres tú.

EL ARTE DE CURARSE

07 de agosto de 2016. 04:56 a.m.

El día que dejes de fingir, te sentirás real.
El día que comiences a romper la monotonía,
descubrirás otros talentos.

Deja de pensar en falsas posibilidades, ya avanzaste demasiado y otra recaída no sería justa. En mi caso todo lo que perdí me dolió, pero más me dolió lo que tuve que soltar y no quería. Lentamente me fui desapareciendo de la vista de todos, me oculté y me imaginé en otro entorno, mi alma gritaba, mis manos inquietas querían tocar sus labios, mis ojos se cansaron de la oscuridad y mi mente se aburrió de la soledad. Con cada una de mis pérdidas aprendí que a veces; el precio de la felicidad consiste en dejar cosas, momentos y personas e irte por otro camino.

Por cada herida una cicatriz,
y por cada cura un adiós.

EL ARTE DEL SILENCIO

15 de agosto de 2016. 02:45 a.m

Nadie sabe cuánto nos queda
para dar el último respiro.

Basta de complacer a la gente solo por capricho.
Ten tus ojos bien abiertos y mira por donde vas,
no tienes que hacer lo que no quieres
y no tienes que querer por obligación.

Sufriste mucho e hiciste lo que pudiste,
comenzaste a esperar y te marchitaste.
En silencio te quedaste y la música
no quiso volver a dar una vuelta por tus oídos.

En las madrugadas me arropé con el silencio de la casa, no había nadie, podía escuchar el sonido de mi corazón y el roce de mis sabanas con mi cuerpo. Me preguntaba cuánto más me iba a quedar así; solo y sin aliento.

Un día por la mañana desperté y mis latidos eran tiernos, abrí mis ojos y la luz del sol se sentía cómoda. El ruido regresó a casa y no me estorbó, le dije adiós una vez más a su recuerdo, bebí mi café y sin importarme nada, me sentí pleno por contar conmigo. Ahí supe lo equivocado que había estado sintiendo que yo mismo, era una mala compañía y que estar solo, era igual a estar triste.

EL TIEMPO TE HARÁ
SU MAYOR OBRA DE ARTE

19 de agosto de 2016. 06:19 p.m.

La vida comienza a mostrarse bonita cuando dejas de llenarte la mente de pensamientos equivocados y pones tu mirada en lo que estás haciendo y en las personas con quienes lo haces.

Las tormentas van a terminar,
florecerá nuevamente la luz en ti
y abrirás tu corazón. Dejarás de ocultarte,
disfrutarás todos los días, sonreirás, soñarás,
sentirás, y apreciarás cosas que
nunca tuvieron tu interés.

Tendrás una vida ligera lejos de culpas,
amanecerá con ternura y en la tarde el calor del sol será fuerte
y no te quejarás, agradecerás a la vida beber agua
y sentir como se vivifica tu cuerpo.
se disiparán las dudas,
así como se han ido de ti
todas tus pesadillas.

Llegarás a una parte de tu vida en que los
problemas dejarán de ser un motivo para detenerte,
sólo disfrutarás cada respiro,
cada momento que pasa y no mirarás atrás
ni te preguntarás por qué no sucedió eso que querías.

189

DEL AMOR COMO ARTE
Y LA DESPEDIDA COMO LIENZO

25 de agosto de 2016. 01:17 a.m.

El amor es la decisión más bonita que existe, pero lamentablemente no todos dejan que el amor sea libre. Pienso que el amor es un fragmento de divinidad otorgado a nosotros, los imperfectos.

Cuando te sientes solo y de pronto llega la compañía de alguien, le llamamos amor para disfrazar carencias y miedos que deberíamos afrontar. Cuando nos abrazan con sinceridad, le decimos "amor" pero el amor es más que un simple contacto físico.

Quien seca nuestras lágrimas y se queda hasta el final nos dice "TE AMO", más allá de una frase que las personas que no saben amar han vuelto trillada y vacía. Quien nos deja también es motivado por el amor aunque no lo entendamos. Quizás motivado por el amor al dinero, por el amor a la soledad o simplemente por llenar los vacíos mendigando atención, en cualquier persona que pueda darle cinco minutos de lujuria.

El amor nos enseña a ser libres.
El amor nos descubre.
El amor nos vuelve más atrevidos y sinceros.
El amor nos obliga a soltar lo que no necesitamos
y lo que está lejos de nuestro destino.
Sin duda, el amor se convierte en la mejor medicina.

190

El amor rompe límites y traspasa fronteras.
el amor nació para dibujar otros caminos.

Quiero que un día no muy lejano, cuando camines por cualquiera de las calles que te recuerden una historia triste, no te olvides de ese amor que late todos los días en ti

El amor te enseña el desprendimiento y aunque te duela,
el amor propio junto con el de otros te ayudan a curar.
El amor es compresivo, conoce tus deseos y emociones,
te convierte en lo que eres, y te conduce a lo que quieres.

El amor vale la pena,
pero no aguantes golpes pensando que es "amor",
no aguantes engaños en nombre de "el amor",
no dejes que te denigren por no perder "el amor",
no rompas tus sueños porque te lo pida "el amor".

Porque el amor jamás es egoísta,
el amor es vida y depende de ti darle su valor.
Depende de ti ser masoquista o valiente,
hacer un viaje en soledad o quedarte jugando
a vivir enamorada en medio de una mentira
disfrazada de amor.

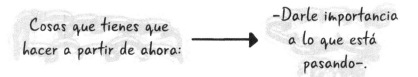

Cosas que tienes que hacer a partir de ahora: ⟶ -Darle importancia a lo que está pasando-.

EL ARTE DE EMPEZAR DE NUEVO

Es difícil hallar las razones para continuar, pero no es imposible. Es un reto intentar dormir cada madrugada cuando no tienes sueño, tus pensamientos te distraen pero solo es así mientras lo permites. Hoy lo conseguiste, saliste de ese laberinto de palabras y confusión, nunca más volverás a ser lo que solías porque ahora eres más fuerte.

Tienes una nueva oportunidad para empezar otra vez, para hacerlo bien, para intentarlo, para no desistir y no sentirte en el fracaso. No dejes que nadie te diga que no puedes retomar lo que estabas haciendo, no dejes que nadie te vuelva a llenar de miedo. Basta de permitir que las personas hagan contigo lo que les venga en gana.

No te llenes de remordimientos si salió mal lo que estabas haciendo, si te dejan de querer, deja que se marchite ese sentimiento y será el abono de un nuevo día, porque naciste para crecer.

Empieza todas las veces que sea necesario. Eres dueño de lo que haces, de tu camino, de tu vida y de tus emociones. Esta vez comienza de nuevo por ti y por nadie más. No te sientas mal, no es egoísmo, es saber lo que vales, a veces es necesario llenarse de orgullo y dejar a un lado lo que nos puede oscurecer los pasos.

—LISTA DEL AMOR PROPIO—

Cosas que tienes que hacer en momentos
de tristezas, crisis, ansiedad... etc, etc, etc.

1) Ser feliz de verdad.

2) Hacer cosas que a ti te gusten.

3) Quedarte con las personas que sí te quieren.

4) Aceptar que cada historia tiene un final.

5) Vivir la vida hoy.

6) Superar (A mí me cuesta hacerlo, pero imposible no es).

7) Comer tu comida favorita.

8) Viajar... (Parece trillado, pero rompe la monotonía).

9) Date la oportunidad con otros.

10) Descubre y pule tus talentos. (Sé que los tienes).

Si quieres agregar más cosas
hazlo con toda la libertad.
Este libro es ahora tuyo
y es tu historia.

DE LOS SENTIMIENTOS COMO MOTOR ARTÍSTICO

06 de septiembre de 2016. 01:41 a.m.

Lentamente se fueron desprendiendo de mí, todos aquellos sentimientos amargos que no me dejaban ser feliz, la vida se sintió dulce otra vez y me sentí tranquilo. Asimilé con coraje cada una de las despedidas, no sabía cómo decir adiós pero en el camino aprendí.

Terminé confundido y perdido, vagué por lugares desconocidos sin rumbo por un par de días. Ahora siento mis latidos más serenos, ahora mis noches no consisten en despedidas, mis madrugadas terminaron siendo el mejor capítulo del día porque es ahí cuando repaso los sentimientos, lo que voy aprendiendo, lo que voy dejando y lo que me voy arrancando.

No importa que en las mañanas
no queramos levantarnos de la cama.
El amor por nuestras sabanas
nadie nos lo puede arrebatar.
Aprendimos a superar, no a olvidar.
Aprendimos a sentir, no a fingir.
Aprendimos a amar, no a odiar.
Aprendimos a soñar, no a llorar.

En algún momento llegará alguien que encenderá esos sentimientos que decidiste apagar. No sientas miedo al querer besar nuevos labios. No sientas miedo al querer ser feliz. Mereces más de lo que te prometieron alguna vez, mereces sentir dentro de ti la mayor felicidad posible, ¿Sabes por qué? Porque no hay nadie como tú. Todavía no he conocido a alguien que me diga que su felicidad no ha sido interrumpida por una pizca de tristeza, tampoco he conocido a alguien que me diga que prefirió perderse en un mar de tristeza.

Se trata de que reconozcas lo que sientes y seas transparente contigo mismo. Ya no pretendas, ya no finjas, ya no inventes, quédate y enfrenta.

Quiero que no cometas los mismos errores que yo, hice cosas sin sentido solo para sentir que encajaba en esta sociedad acostumbrada a manipular y menospreciar a las personas sensibles.

Que no se te olvide:

-Todo lo que hagas, hazlo por ti.
   -Si salieron de tu vida, déjalos ir.
   -No exijas amor si no lo das.
   -No pidas explicaciones si no existen.
   -Aprende a ignorar, es la mejor arma si quieres ser fuerte.
   -Deja el odio a un lado.

En esta parte del viaje quiero decirte algunas de las cosas que aprendí:

-Aprendí a estar conmigo.

-Aprendí a amar cada estación y su clima.

-Aprendí a beber café sin compañía.

-Aprendí a escribir para mí, procurando entenderme antes de esperar ser entendido por alguien más.

-Aprendí a viajar para vivir nuevas aventuras.

-Aprendí a amar en secreto, no hace falta gritarlo.

-Aprendí a superar lo que creí insuperable.

Mi intención es que aprendas, que descubras y sientas. Mi misión es hacerte ver la persona increíble que eres. Mi viaje que ahora es tu viaje, lo creé para responder muchas de tus preguntas y evitar que te ahogues con ellas.

«Estación Vespertine»

EL ARTE DE VIVIR LA VIDA

10 de septiembre de 2016. 12:42 a.m.

Con el tiempo, caminando a solas, recordé a mis viejos amigos, el cielo era azul y el sol se estaba escondiendo. Creo que nunca me había sentido tan real como las veces que quería quedarme en silencio y tener la compañía de alguien que no me hiciera sentir solo aunque estuviera rodeado de personas.

Soy de los que siempre lo va a entregar todo, soy de los que todavía cree en el amor a pesar de que han roto mi corazón. Y también creo que tú eres así, por eso me agrada que compartamos este viaje. Es muy bonito querer llegar lejos, dejar atrás los remordimientos, vivir la vida con todos sus errores y dejar la manía de pretender que la vida debe ser perfecta. Siempre odiaré las despedidas, aunque sé que son inevitables, sin embargo, ahora me gusta ser más sincero conmigo y con otros, disfrutar de quien esté y no sufrir por quien se fue.

Recuerdo las veces que las risas de algunos me confundían, me hacían sentir perdido, sin rumbo y sin destino. Recuerdo ese sentimiento que tenía cada vez que intentaba hacerlo bien y fallaba, recuerdo cuando quise desvanecerme por completo pero no lo logré. Todo ahora pertenece al pasado, es una página de mi vida que no volveré a leer.

Por eso, en esta parte del viaje te pregunto: ¿Por qué no te das la oportunidad de mirar otro cielo? Quizás así, entiendas que hay nuevos motivos para emprender hacia otro destino. ¿Por qué no te das la oportunidad de escuchar lo que dicta tu mente? ¿Por qué no te das la oportunidad de conocerte mejor? ¿Por qué dudas de ti? ¿Por qué caer en el mismo error? ¿Por qué no luchar? ¿Por qué te dejas lastimar? Si quieres encontrarle sentido a tu vida, comienza por mirar lo que tienes contigo y no lo que se fue. Naciste para hacer lo que te hace feliz, estás aquí por algún motivo, ¿Cuál será? No lo sé. A partir de ahora sé que verás la vida de otra manera, eso pasó conmigo cuando comencé a apreciar cada amanecer.

En esta parte del viaje quiero decirte la verdad:

Muchas veces me sentí derrotado, enojado, me sentí mal, sin ganas de querer caminar, sin ganas de respirar y hablar. Entendía perfectamente que estaba atravesando un proceso de desprendimiento bastante complicado, sabía que continuar iba a ser difícil pero no imposible. Me negaba a conocer otras cosas y sonreírle a las personas, lo único que quería era mantenerme esperando porque confundí aquella despedida con un "Nos vemos pronto".

Varias noches perdí el control, por supuesto que nadie supo de eso porque me consumí en el silencio de mi habitación hasta quedarme dormido. Alcanzar la vida otra vez me dolía mucho, despedirme se convirtió en el arte de aceptación más sincero que había realizado en mi vida.

Recuérdalo siempre: Tu dolor no será eterno, te toca a ti desprenderte y despedirte, es hora de dejar el odio a un lado y comenzar a ser feliz, alcanza la montaña más alta, y supera todos tus retos. No quiero que le demuestres nada a nadie porque no les importará, quiero que te lo demuestres a ti ¿Sabes por qué? Porque en este asunto la persona más importante eres tú. La vida es hermosa, mientras tú buscas excusas para seguir en lo mismo, los demás se dejan conquistar, se dan una nueva oportunidad, se perdonan, se liberan y despiertan.

EL ARTE DE AMAR LA VIDA

25 de septiembre de 2016. 04:17 a.m.

Dejamos de ser aquellos ingenuos, los de la mirada triste, los que estaban ahí para todos incluso cuando para nosotros nadie estaba. Rompimos la costumbre de permanecer cabizbajos, dejamos de esperar y nos atrevimos a soltar. Reconocimos que tuvimos errores, que también lastimamos. Aprendimos a ser valientes, incluso cuando habíamos perdido la fe y olvidamos quienes éramos.

Ahora nos gusta mirar las páginas de nuestra historia y no nos importa lo que no pasó, preferimos quedarnos con la sensación en nuestro cuerpo de haber pertenecido a alguien y a algo. La noche se siente como terciopelo, nada melancólica.

Cada amanecer lo tomamos como una nueva oportunidad porque de tanto repetirnos que: «*Debemos aceptar la realidad*», comenzamos a purificarnos de aquella soledad que estaba sellando nuestra alma para no dejarla escapar.

Nos olvidamos de los *"quizás"* y de las *"posibilidades"*. nos arrebatamos las culpas y dejamos entrar en nuestras vidas la felicidad que habíamos perdido.

«Esta vez vamos a ser felices solos, porque para estarlo no necesitamos depender de alguien». Abre tus alas, abre paso a todo, ya no quiero que sigas pensando en los "Por qué". Las tormentas se terminaron y el sol nuevamente salió, la luz entró por tu ventana y tus sabanas escaparon de tu cuerpo.

Quiero que vivas el hoy, que sientas el ahora y te olvides de lo rápido que corre el tiempo. No te impidas amar, no te cohíbas y date el placer de ser feliz. Olvídate de las críticas y de los reproches. Olvídate que existió gente mala que sólo jugó contigo. Olvídate de ese amor que fue fugaz.

Llegaste hasta aquí, no sé si por casualidad o curiosidad,
pero aquí estás, de la mano conmigo atravesando este destino.

Creíste que no saldrías de ese laberinto, pero saliste,
la melodía está volviendo a tu cuerpo,
ahora eres libre como un pájaro,
ya no existe ninguna jaula que te mantenga en cautiverio.

Deja a los que se fueron
y olvídate para siempre de ellos.
Dale espacio a los que están,
ellos sí importan y tú les importas.
Sal a pasear, camina y dale un respiro a tu mente.

La vida es hoy, olvídate del mañana.
Perdónate porque no tuviste ningún error,
y si lo tuviste, lo corregiste.
Apaga la llama del lamento
y acércate a ti cada vez
que te mires al espejo.

No conozco tu historia, pero me voy con la seguridad de que en alguna de las páginas de este libro logramos coincidir. Gracias por la paciencia de todas ellas, gracias por el amor en cada línea, gracias por entenderme en la distancia, gracias por permitirme crear un puente para llegar a ti.

Escapé en mis sueños hacia el universo y comprendí que nunca más puedo darle importancia a cosas tontas, hay otras que lo ameritan, ejemplo: Mis sueños y tus sueños, mi sonrisa y la tuya, mi historia y la tuya, las personas que están conmigo y las que se quedaron a tu lado.

A partir de ahora, quiero que mires la vida como una realidad pintada de ilusión en donde todo es posible, en donde el amor nunca escapa y en donde las despedidas sirven para curarse.

-Vespertine.

27 de **septiembre**, 2016. 12:42 a.m.

De: *Alejandro Sequera*
Para: *Mi nuevo amigo/a*

Te entregué mis sentimientos, mis preguntas y te regalé mis respuestas. Gracias por acoplarte y por decidir emprender este viaje conmigo. Ahora sonrío más y comprendo que todo tiene que pasar. Escribí este libro para soltar los recuerdos y promesas de mi primer amor, también en él impregné los sentimientos que me inundaron cuando mi mejor amiga tuvo que seguir su viaje, pero al cielo.

Gracias por acompañarme, esta travesía inició el 14 de septiembre de 2015 cuando por primera vez en la vida quise hacer algo distinto. Sé que es bastante difícil alcanzar y lograr los sueños. Desde los 17 años escribir fue la única manera de hacer que mi alma dejara de gritar por tanto enojo. Y para ser sincero; muchas veces dudé de mi habilidad, pero desde que emprendí mi primer viaje a solas, supe que ya nada me detendría. Lo que nunca pensé fue que escribir un libro curaría mi alma y es con él que pretendo curar la de otros.

Mi viaje sin ti, es un capítulo de una historia. Mi viaje sin ti fue solo el diario de Vespertine, en donde él escribió todo lo que sintió a medida que se fue encontrando. "La vida es bonita incluso cuando en las noches hay miedo. Si comienzas a mirar todo lo que ha pasado contigo, quizás comiences a comprender que cada momento y proceso tiene una razón, y que tú estas aquí por algo".

La primera vez que me interesé por la escritura, realmente no estaba en la capacidad de crear una obra, sin embargo; desde pequeño siempre sentía que en mí había algo que era extraño para los demás ¿Qué era? Realmente no lo sé. Quizás he permitido que muchas cosas me afecten, cosas que para otros son tontas. Me he dedicado gran parte de mi vida a comprender el por qué  de nuestra existencia, y cómo poco a poco nos convertimos en lo que hoy somos.

Tengo en mi mente la idea de hacer realidad todos mis sueños mientras siga respirando. Esta obra forma parte de todo lo que quiero hacer. Aquí es donde dejo lo que pienso del amor, el odio, las traiciones y la forma en la que nos vamos convirtiendo en oscuridad y cómo empezamos a transformarnos hasta que nuevamente conseguimos la luz.

La comprensión de este viaje se basa principalmente en la conexión que todos tenemos con las partículas presentes. En la conexión que tenemos con el sol, la luna, las estrellas, los árboles y las montañas, en definitiva; la conexión que tenemos con todo lo que está vivo y con el universo. Un día entendí que si no comenzaba a hacer las cosas por las que realmente tenía pasión, nunca iba a ser feliz.

No me creo mejor que los demás, de hecho una de las cosas que me gusta más es que tengan la valentía de corregirme cuando saben que me he equivocado. Todos los golpes que he recibido en esta vida me hicieron despertar para ayudarme a reconocer que todo tiene solución. Que siempre debo ser agradecido, que debo tener la fuerza y capacidad de enfrentar las tormentas y los miedos.

Una noche cualquiera, en la que la luna brillaba y el sonido era discreto, me senté a escribir mi primer poema de verdad. Fue ahí cuando supe que esto me gustaba y me sanaba. Más adelante descubrí que sanaba a otros, los comprendía y ellos me comprendían a mí.

Me iré de viaje siempre que pueda, me iré a explorar cada vez que la vida me lo pida, escribiré sobre los que llegan y se van, sobre las partículas que escapan de nosotros y nos dejan grietas en el alma. Nunca tendré las respuestas exactas de lo que pasa y no pasa, pero al menos ahora sé que puedo inventar mis propias respuestas para hallar mi rumbo y el rumbo de otros.

A mi lado emprendiste un viaje, el viaje que necesitabas. Traduje mis emociones por un largo tiempo. Después de recibir dos fuertes sacudidas en mi vida. ¿Cómo traduces tus sentimientos cuando el amor de tu vida se desprende de ti y tu mejor amiga cierra sus ojos para siempre?

Aquí te conté todo lo que sentí en ese trance, en ese viaje, en esa proyección para tratar de encontrar de nuevo mi estabilidad.

Tengo el sueño de llegar tan lejos como sea posible. Recuerdo que mi primer cuento se trató de un pez que podía respirar fuera del agua, lo escribí con solo 5 años. Tengo muchos recuerdos de mi niñez que me hacen sonreír, nunca pensé que años después sangraría mis versos en un libro que ayudaría a cicatrizar la nostalgia para encontrar el rumbo que había perdido.

Tengo miedo, por supuesto, pero el miedo para mí es de esos sentimientos a los que no hay que darle mucha importancia. En cada escrito de este libro quise que reconocieras lo que habías perdido y lo que tenías a tu lado. Cada línea consistía en despojarte de las mentiras bonitas y que comprendieras que hay muchísimas maneras de pasar de página.

Sé lo que se siente perder y es un sentimiento bastante amargo, pero no tienes que volverlo eterno. Ojalá cuando sientas miedo te vuelvas a llenar de esperanza. Ojalá cuando pierdas fuerzas, pienses que no hay motivos para esconderte, que tienes que enfrentar lo que sea y pelear con todas tus ganas.

Ojalá un día aprendas a observar, a escuchar, a comprender, a compartir, a estar ahí presente y no alejarte. PERO DE VERDAD. En esas noches cuando solo quieras quedarte en silencio, abre cualquiera de las páginas de este libro y vuelve a darte la oportunidad de saber quien eres.

Encontrarás de todo en esta vida y lo importante es saber con quién debes quedarte y con quién no. No te sientas mal si necesitas alejarte para estar feliz. En el camino conocerás personas maravillosas, conocerás otros lugares, seguirás aprendiendo porque esto no termina aquí.

Ya que estás a punto de cerrar la última página, quiero recordarte que una de las tantas intenciones que tuve fue reconciliarme con la vida, perdonarme y perdonar a aquellos que me lastimaron. También perdonar al destino y aceptar que los para siempre no existen. Espero haber logrado eso y más en tu vida, espero que a partir de ahora vivas como si no existiera un mañana y que cada día sepas agradecer lo que tienes y valorar el presente como un regalo.

PD: Tu felicidad es tu responsabilidad.
La vida es una sola, siéntela y ama a quienes estén perdona a los que te odian y enfócate en ser feliz.

ESTA VEZ ME VOY YO

Pasaron cinco meses, me sentía pleno y estable. Salía con mis amigos los fines de semana a pasarla bien y ya no había nada dentro de mí que hiciera ruido y perturbara mi estabilidad.

Eran las 2:35 a.m. Cuando sonó mi celular. Un mensaje en WhatsApp acabó con el silencio latente en la habitación del hotel. Había regresado a la ciudad porque fui invitado al bautizo del libro de una escritora que recién había conocido y a la que le tengo una admiración profunda.

Tomé mi celular y al encenderlo noté que en la barra de notificaciones decía: Nuevo mensaje de "El innombrable'" Así tenía registrado a mi ex.

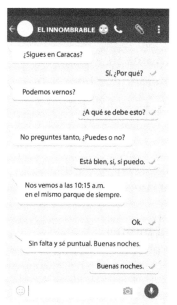

Por la mañana, después de desayunar, tomé mi bolso y salí camino al parque donde dijo que nos veríamos. Mis nervios me carcomían, miles de preguntas atravesaban mi mente, ese raro interés de él por verme, me confundió. Al llegar al parque, noté que estaba sentado cerca de una fuente, no sé cuánto tiempo tenía ahí, no me importó. Me senté a su lado en silencio y luego de un rato, hablé.

—Tu cabello es más suave —le dije mirando un brillo distinto en sus ojos que no reconocía.

207

—El tuyo parece más ondulado... lo dejaste crecer bastante —respondió.

—Sí, ¿cuánto tiempo, ¿verdad?

—Diría qué bastante... ¿Me recordaste? —preguntó.

—Siempre, de ti no me olvido ni que muera —respondí.

—Lo siento... —dijo mirando al suelo.

—No pasa nada, me enseñaste muchas cosas.

—Aquella última vez tu mirada parecía un ancla, me fui y tú también, pero en el fondo sabía que estabas, que te quedaste, que de alguna manera permaneciste ahí por mí.

—Lo hice, pero ya pasó, el tiempo cura. Gracias a ti hice el viaje más maravilloso de mi vida y esta es su última estación. Encontrarme contigo ya no me da miedo. Con tu despedida aprendí de mí y con eso me quedo.

—Lo siento por engañarte.

—Ya, no te preocupes —sonreí—: Me hiciste feliz y la verdad es que, quizás exageré un poco. He cambiado.

—Lo noto. Luces increíble, luces cambiado. No sé, es como si de pronto todo fuera como antes —tomó mi mano.

—Nada es como antes —le dije, soltándome de su agarre con suavidad—: El presente siempre es mejor que el pasado porque te ofrece la posibilidad de actuar. Ya por el pasado no puedes hacer mucho.

—Mi presente me dice que te bese.

—El mío me dice que te rechazaría. Sigues siendo apuesto y lo de encantador no se te quitará nunca, pero no vine por besos, sólo quería saber qué querías.

—No te dije todo lo que sentía en aquel momento, no fue fácil. Hoy quiero irme en paz, saber que te veo y ya no hay dolor en tu mirada, me calma un poco.

—A mí me calma tenerte cerca y no querer besarte.

—Jajajajaa, puedo hacerlo si quieres —dijo mientras miraba mis labios.

—Vine a responder mis preguntas, pero pensándolo bien, ya tengo las respuestas. Fuimos una historia bonita que terminó. En la vida tendremos muchas, y lo más importante es cerrar el capítulo sin rencor. Con la tranquilidad de quien perdona y suelta.

—¡Te quise! ¡En serio te amé! Eres una persona increíble… no te supe cuidar, la cagué —volvió a tomarme de la mano, y continuó—: Si era eso lo que querías saber, pues aquí está: ¡Lo que sentí por ti no fue una mentira!

—Yo también te quise y te quiero, ahora lo veo distinto. Estoy feliz de tener esta conversación.

—¿Qué viene ahora? —preguntó.

—Te levantarás y seguirás tu curso y yo te observaré de lejos, y te desearé lo mejor. Cuídate mucho —le extendí la mano y cuando la tomó, terminamos hundiéndonos en un abrazo. Luego, tal y como dije, se levantó y se fue, dejándome solo en el mismo banco en el que nos quisimos.

No era el final que hubiese querido meses atrás, pero sentí esa tranquilidad que por tanto tiempo busqué. El poder lidiar con su presencia y que no me lastimara, me llenó de fuerzas para continuar. No hubo reclamos de nada, tampoco reproches, acepté que nuestra historia fue así y que, ni cambiando las agujas del reloj para devolver el tiempo, las cosas serían como antes, ni cambiarían para cumplir los deseos que tuve con él. Dejé ir todo lo que sentí, lo que pensé, y las noches de insomnios llenas de preguntas. Finalmente me había librado de la carga que tenía, finalmente la solté. -Fin-

EPÍLOGO - RESPUESTAS

—¿Me puedo sentar?

—Te he estado esperando desde la última vez que nos vimos, empezaba a pensar que no vendrías, pero dejé el drama y supuse que lo harías cuando menos lo esperara, no me equivoqué —me reí, y le di espacio para que se sentara a mi lado.

El anciano lo hizo y clavo su mirada en el horizonte. Sus mejillas seguían tan rosadas como siempre, sus arrugas daban la impresión de representar la historia de la vida, de los encuentros y de las despedidas. Y sus ojos, mostraban la pureza que el mundo necesitaba. Él era lo bueno, lo inocente, lo sabio. Él era mi amigo. El que en vez de hacer un viaje se centraba en acompañar y ayudar a otros a que consiguieran su destino. Él era la representación exacta de lo que debía significar Dios.

La sonrisa no se quitaba de mis labios, me sentía feliz. Porque perdí a alguien y encontré a un desconocido que me cambió la vida. Que me enseñó lo que si debo ser y que todavía tenía tres respuestas esperando por mí.

—Te ves feliz —dijo el anciano con su calma peculiar.

—Es lo que causa tu compañía.

—Es la primera vez que nos vemos y me tratas bien —el anciano comenzó a reírse—: La primera vez pensaste que moriría pronto. La segunda que era un viejo loco, y la tercera, que te acosaba. Se podría decir que nuestra relación ha mejorado, ¿no?

—Gracias a ti pude continuar el viaje. Me salvaste el día del faro. Me salvaste en el tren cuando dijiste las verdades que no quería escuchar. Me has ayudado sin conocerme y yo ni siquiera te he dado las gracias. Tienes el poder de saberlo todo, y entiendo que lo sabes porque no eres egoísta, porque te preocupas por otros más que por tus problemas. No importan las demás respuestas, la más importante es que aunque no vuelva a verte, siempre voy a estar aprendiendo de ti.

—Te lo dije Vespertine, confíe en ti y no fallé. Puedo verlo en tus ojos y en tus sentimientos que como siempre, traspasas a palabras. Tú también te preocupas por otros, y tu sensibilidad es inusual. Las siguientes respuestas se centran en tu misión. No será el último viaje que hagas, apenas comienzas. En este, te estabas descubriendo, pero, ahora que sabes quién eres tienes la oportunidad de cambiar día tras día tu entorno.

Canalizar el dolor y ser una fuente divina de energía para cada persona que te cruces. Estoy feliz porque no eres el mismo que lloraba y lloraba porque el amor le falló, ahora eres amor y sabes que siempre podrás serlo, sin depender de nadie. ¡Feliz nuevo comienzo! Estoy orgulloso de haberte conocido y verte evolucionar. No volveremos a vernos, pero siempre que me necesites, estaré para ti.

AGRADECIMIENTOS

Agradezco al universo, a la vida, a cada respiro, a las oportunidades, a los sí, a los no y a las equivocaciones... a Dios, al sol, a la luna, a los planetas y hasta a los animales. A mi madre por ser mi fiel compañera en esta vida de inadaptados. Por su entrega y amor por querer lograr las cosas, y tener siempre la fuerza de no dejarnos vencer, es lo que nos caracteriza a los dos. En todos estos años me ha enseñado a no rendirme y saber salir adelante.

A mi mejor amiga Osgleidy Fuentes, quien ahora es mi luna. A ella porque desde su ausencia he aprendido a valorar más lo que tengo y me rodea, fue para mí una verdadera amiga y hermana que la vida puso en mi destino. También agradezco a la casualidad que me llevó a encerrarme a traducir mis emociones en letras. Porque aunque tuve muchas razones para dejarme ahogar por los pensamientos, no lo permití. Salí a la superficie para darle continuidad a mi propia historia como persona.

A mi primer amor, que de forma fugaz entró y salió de mi vida. A mis seres de luz, ellos saben quiénes son, pero quiero que tú los conozcas: Lorena Carvallo, Axiel Molina, Agnieska Patiño, Kenz Torres, Rosalía Torres, Yuli Andrius Basil, Jesmar Soto, Jessica Sanoja, Marialbis Cedeño, Sofhia Rampini y Milysmar Rivas. Todos ellos estuvieron acompañándome en los viajes que proyecté para reconciliar mi alma con la vida. Los adopté como mi familia.

Agradezco al equipo ediciones Déjà Vu, en especial a Nacarid Portal por creer en mí y ser mi cómplice en este viaje, llevarles mi historia a sus manos y a sus vidas. La vida me regaló una nueva amiga, y es ella.